Philippe Horvat

Des Esprits et des Hommes
La Trilogie des Esprits /2

AF132132

Philippe Horvat

Des Esprits et des Hommes

www.lesesprits.fr

Éditeur : BoD-Books on Demand, 12/14 rond point des Champs
Élysées, 75008 Paris, France
Impression : BoD-Books on Demand, Norderstedt, Allemagne

ISBN : 978-2-322-14293-4
© Philippe Horvat

Dépôt légal : juin 2018

à Fanfan

Conseil des Nations

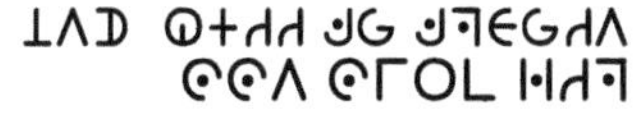

Les Déviants chassés aujourd'hui
Sont rappelés demain

Encyclopédie de l'Astéroïde / Article n° 035E

Strasbourg/France/NATO
Le mardi 5 mars 2058, à 14h49 UTC

Le tumulte est à son comble. Dans les gradins bondés, les Représentants des Nations sont debout, gesticulent, s'interpellent.
A la tribune, Gôô/56F82U3[Esprit], la face impassible, ses mains à quatre doigts posées à plat sur le pupitre de bois clair, attend patiemment que le silence revienne.

Pour cette session plénière du jeudi 5 mars 2058, c'est en Europe, dans le centre de conférence de Strasbourg/France/NATO que les délégués de tout le Système Solaire ont été convoqués pour un session parlementaire que tous souhaitent voir aboutir, dans les délais les plus brefs possibles, à un consensus général, à défaut d'une unanimité.
Les débats se tiennent dans le grand hémicycle de l'ancien bâtiment Louise-Weiss, inauguré au tournant du siècle, et qui a abrité, jusqu'au cataclysme de la Guerre Globale de 2029[1], le siège de l'Union Européenne.
Depuis la fin du chaos et la reconstruction, les règles très strictes de respect de l'écosystème et de la préservation des ressources naturelles, très éprouvées jusqu'après le conflit, ont entraîné le retour

[1] Guerre Globale : voir l'article de Wikicycla, page 145

à l'état sauvage des friches industrielles, la réduction de l'emprise des villes et la réutilisation maximale des infrastructures existantes. Le vieux bâtiment, posé comme un gâteau au bord de l'Ill, a ainsi été réutilisé et est devenu l'un des onze complexes de conférences du Conseil des Nations.

Peu à peu le calme revient et les délégués réels qui se sont déplacés pour l'occasion, ainsi que les holoprojections des délégués virtuels qui suivent les délibérations à distance, se rassoient les uns après les autres.

Des empoignades entre des Représentants des Nations de partis opposés, placés côte-à-côte, mettent quelques instants de plus à s'éteindre. La répartition aléatoire, renouvelée à chaque séance, qui mélange dans les gradins les participants pour éviter les regroupements par nations ou par couleurs politiques, leur a fortuitement imposé une proximité qui leur est inconfortable, et qui les amène à s'interpeler vivement à l'occasion de chaque idée qui les sépare.

Un représentant d'ASIA, petit, potelé, le cheveux noir, visiblement excédé, voulant pousser à l'épaule son interlocuteur d'UNAFRI, un grand noir mince au regard un peu méprisant, ne rencontre que l'air. Son bras traverse l'image holoprojetée de son antagoniste qui subitement éclate de rire. Soudain conscient du ridicule de la situation, l'asiatique s'assied en grommelant en Mandarin quelque chose que l'Autolinguo ne traduit pas. Ces machines ont du tact.

Gôô/56F82U3[Esprit] est toujours là, à la tribune, debout sur le rehausseur qui compense sa petite taille, solidement campé sur ses deux jambes et appuyé sur sa queue massive. Il reste impassible, ainsi que le sont ses congénères répartis eux aussi au hasard dans le grand hémicycle. Comme tous les Esprits, il préfère rester nu, lorsque la température et l'environnement le permet. Sa peau granuleuse, qui luit doucement sous les projecteurs, est grisâtre pour le moment, ce qui traduit son grand calme. Le regard tranquille de ses larges yeux mobiles aux pupilles verticales, dupliqué sur tous les écrans encastrés dans les petites consoles, en face de chaque siège de l'hémicycle, finit par apaiser les parlementaires.

La brouhaha, enfin, fait place à un relatif silence.

Il faut dire que le sujet est grave. Il y a un peu moins d'un an, le 15 mars 2057, les scanners optiques automatiques de l'observatoire géostationnaire Kepler, perché immobile à 35784 km au-dessus de l'Atlantique, par 35° de longitude Ouest sur l'équateur, ont repéré ce qu'ils recherchent depuis trente ans : un astéroïde venu de l'espace interstellaire plonge vers le Soleil. Il passera si vite que notre étoile ne pourra que le dévier sans le capturer : après une visite qui l'amènera presque jusqu'à l'orbite de Mars, il repartira vers l'immensité.

Mais ce n'est pas n'importe quel astéroïde : les astronomes ont annoncé il y a peu qu'il s'agit d'un corps presque entièrement métallique, un "ramoïde", un titanesque lingot de métaux rares et précieux, de Platine, d'Iridium, de Rhodium, et de Terres Rares.

Ce n'est certes pas le premier de sa catégorie, d'autres ramoïdes[2], certains nettement plus gros, ont traversé le système solaire depuis que des observations systématiques ont été entreprises. Mais cette fois, les caractéristiques orbitales de ce corps permettent d'envisager de l'accoster et d'y prélever des richesses.

Depuis quelques jours, le monde scientifique est en ébullition. Shiva, comme on l'a nommé, représente à lui seul, en Platine, en Iridium, bien plus de richesses que ce que l'humanité a pu extraire du sol depuis l'aube de la métallurgie.

Les Terres Rares, comme le Samarium, le Néodyme, l'Ytterbium et toutes les autres, si précieuses depuis un demi siècle pour toutes les technologies avancées, l'électronique, la cybernétique,

---

[2] Ramoïdes : voir l'article de Wikicycla, page 177

l'holophotonique, sont là, en abondance, sur un astéroïde qui s'approche du Soleil à près de 20 km/s.

Il n'a fallu que peu de temps aux économistes et aux politiques pour se saisir du sujet : si toutes ces ressources sont accessibles, et qu'une mission spatiale peut aller en prélever, qui s'appropriera ces richesses?

Les données, récoltées par les scientifiques depuis la découverte de Shiva, sont en accès libre en vertu du Free Information Act du 30 septembre 2036. Les gouvernements des deux blocs, ASIA et NATO, ainsi d'ailleurs qu'UNAFRI et tous les autres non-alignés, sont donc en mesure, si les fonds sont assemblés promptement et un vaisseau d'autonomie et de capacité suffisantes est affrété, d'organiser une mission vers l'astéroïde.

Des expéditions concurrentes vont-elles rivaliser pour visiter Shiva ? Qu'adviendra-t-il des richesses considérables extraites de l'astéroïde ? La Banque Solaire, les Banques Centrales de NATO et d'ASIA et tous les économistes ont réagi très vite : une injection massive de métaux précieux dans l'économie provoquerait un cataclysme boursier, des spéculations vertigineuses et un effondrement bancaire certain. Qui plus est, le commerce des Terres Rares, dont les principaux gisements sont en ASIA, et qui contribue à l'équilibre des échanges entre les deux blocs de part et d'autre du Rideau de Titane, s'en trouverait ruiné, et les conséquences, tant pour ASIA que pour son principal client NATO, en seraient dramatiques.

Il est très vite apparu que les intérêts à court terme des nations en concurrence vont à l'encontre de leur intérêt à moyen terme et de l'intérêt général. Il est par ailleurs évident pour tous que les éléments chimiques précieux présents sur Shiva ne peuvent qu'être, du point de vue technologique, une manne bienvenue.

Ce sont les Esprits, qui depuis qu'ils ont été sollicités par les humains pour participer aux affaires publiques, ont porté la question devant le Conseil des Nations.

Les scientifiques qui les ont recréés à partir des génomes trouvés sur l'astéroïde 2043KP33 ont très vite été fortement impressionnés par l'intelligence et la maturité extrêmement précoces des Esprits. Dès l'âge de cinq ans, leurs aptitudes cognitives surpassent celles des humains les plus brillants. A huit ans ils sont déjà sexuellement fertiles, et ont atteint un stade qui suggère qu'ils sont déjà adultes. Toutefois, il semble que leur croissance soit continue, et l'on ignore encore jusqu'à quelle taille ils peuvent grandir.

Ce jeudi 5 avril 2057, dans le grand hémicycle de Strasbourg, la population totale des Esprits, qui s'élève à soixante quatre individus, est rassemblée presque au complet, suite à l'invitation du Conseil des Nations. Les plus jeunes, qui ne sont âgés que de sept ans, trônent comme leurs aînés sur les rehausseurs qui ont été confectionnés à leur intention, pour qu'ils soient à l'aise sur les sièges prévus pour les humains et puissent atteindre sans mal les commandes de la petite console multimédia qui se trouve en face de chaque emplacement.

Gôô/56F82U3[Esprit] lève maintenant ses deux bras et écarte ses huit doigts flexibles pour demander l'attention de tous. Oui, répète-t-il de sa voix nasillarde, la mission vers Shiva est indispensable, mais il est hors de question de la confier à l'un des deux grands blocs.

A nouveau la rumeur monte, mais Gôô agite les bras, et la peau de son cou, maintenant, se colore de rouge, ce qui trahit son impatience grandissante et son agacement.

Dès que le calme est revenu, il assène une seconde affirmation qui déchaîne, elle aussi, le tumulte : Gôô avance qu'UNAFRI, pas plus que les autres non-alignés, ne sont en mesure de diriger une expédition vers l'astéroïde sans provoquer de catastrophe financière.

Non, martèle-t-il, seuls les Esprits, qui eux sont détachés de toute allégeance politique à une quelconque nation, peuvent en toute neutralité organiser et encadrer une mission scientifique et minière vers Shiva.

Ses congénères, ceux qui sont là physiquement comme ceux dont les holoprojections sont perchées sur les rehausseurs, restent impassibles, tandis que de nombreux parlementaires humains interagissent fébrilement avec la petite console en face d'eux, ou murmurent dans leur communicateur.

De cette manière, poursuit Gôô, les métaux prélevés sur Shiva pourront être distribués en fonction des besoins de fabrication des produits de haute technologie, sans être thésaurisés par une puissance politique et sans faire l'objet de spéculation. Pour ce faire il faudra que la mission les dépose dans un endroit politiquement neutre, qui ne soit ni sous le contrôle exclusif d'ASIA, ni celui de NATO, ni même celui d'une nation indépendante.

Un comité international de régulation devra attribuer les lots de matériaux précieux au prorata des stricts besoins industriels, et Gôô propose que ce comité ne soit composé que d'Esprits et de CyberCerveaux.

Puis Gôô se tourne vers le Président Annuel, Peter/YRK5PLU[Chairman] debout derrière lui, un peu en retrait, pour solliciter l'appel à la tribune de Maha/67UJP3D[Esprit].

Peter acquiesce d'un hochement de tête, et Maha, qui est descendue d'un bond de son rehausseur, s'approche de son pas balancé. La nuance jaunâtre de la peau granuleuse de son dos montre son embarrassement et sa timidité. Les regards des parlementaires la suivent avec attention lorsqu'elle monte sur le rehausseur que Gôô lui a cédé, et qu'elle lève enfin ses grands yeux fendus vers l'assemblée.

Bien que les images des Esprits apparaissent abondamment dans les media, et fassent l'objet de multiples représentations réalistes ou phantasmées, bien que leur implication dans la vie publique se renforce chaque année, la présence physique dans l'hémicycle de ces êtres merveilleux, stupéfiants et inquiétants à la fois ne manque pas, une fois de plus, d'inspirer aux parlementaire un étonnement profond.

Maintenant Maha/67UJP3D[Esprit] prend la parole et aborde les aspects pratiques du projet que les Esprits veulent voir approuver par le Conseil.

Avec l'aide de son CyberCerveau le plus familier, Turing/ W815ZEFT[CyBrain], avec qui elle dispute parfois des parties d'échec acharnées, elle développe les grandes lignes de la mission qu'elle propose. Tandis que Turing projette des diagrammes et des chiffres sur le grand écran et sur les petites consoles, Maha explique que le calendrier sera très serré et que le départ d'une mission vers Shiva devra impérativement se faire à partir de la station Lagrange 4, en orbite autour de la Terre, entre le 18 et le 25 mai 2058, dans à peine plus de deux mois.

Dans les écouteurs des parlementaires, ceux assis dans l'hémicycle et ceux, distants, représentés par leurs holoprojections, les paroles de Maha sont répétées par l'Autolinguo, en Spanglish, en Swahili, en Mandarin…

L'orbite de transfert, poursuit Maha, amènera le vaisseau et ses occupants, après un voyage de trois mois et demi, sur la trajectoire de Shiva pour un rendez-vous autour du 7 septembre 2058.

La mission pourra rester arrimée à Shiva jusqu'au 12 mars 2059 environ, avant de quitter l'astéroïde pour une orbite de transfert vers le système de Jupiter, la destination la plus facile, en termes de temps et d'énergie, avec un important chargement de minerais ou de métaux purs.

Sur Shiva, les robots extracteurs devront probablement se mettre immédiatement au travail. En effet, on ignore encore quelle est l'ampleur de la tâche, car la cohésion du sol de Shiva peut être celle d'un monobloc qu'il faudra tronçonner à grand peine, ou au contraire celle d'un simple agglomérat maintenu par la très faible gravité de l'astéroïde.

Quoi qu'il en soit, les cales du vaisseau devront être garnies dans les six mois que durera le séjour sur l'astéroïde.

Là, Maha marque un arrêt dans son exposé, et les écouteurs dans les oreilles des parlementaires se taisent également. Elle lève la tête, montrant les plis de peau de son cou, et la couleur orangée qui trahit son émotion.

Après un instant, elle empoigne fermement les bords du pupitre de bois, regarde droit devant elle, et poursuit.

Il y a, déclare-t-elle, un point important à préciser.

Un murmure monte de la salle.

Il est indispensable que le vaisseau chargé de métaux précieux ne rejoigne ni Ganymède, ni Callisto, mais plutôt Europe.

Le brouhaha enfle dans l'hémicycle.

Cette fois, le Président Annuel, Peter/YRK5PLU[Chairman], intervient pour demander le silence.

Le troisième grand satellite "galiléen" de Jupiter[3], Ganymède, n'est colonisé que par des ressortissants d'ASIA, qui y ont installé des bases scientifiques et des observatoires. Le quatrième satellite galiléen, Callisto, est quant à lui entre les mains de l'autre grande puissance, NATO. Le premier satellite, Io, est inhospitalier, et seul le second, Europe, est resté international. Les non-alignés, UNAFRI, mais aussi NATO et ASIA y ont des bases. C'est là que le chargement doit être débarqué, pour qu'il ne tombe pas sous le contrôle exclusif d'un des grands blocs antagonistes.

De cette manière, poursuit Maha, la tête penchée en avant comme pour être plus proche de son auditoire, le risque qu'une grande puissance s'approprie unilatéralement les métaux précieux est minimisé.

L'hémicycle est en tumulte, et des parlementaires, debout, hurlent et s'empoignent. Comment ose-t-elle les soupçonner de vouloir s'accaparer les richesses de Shiva !

---

[3] Colonisation de Jupiter : voir l'article de Wikicycla, page 189

Peter/YRK5PLU[Chairman] doit à nouveau s'avancer, et les bras écartés en signe d'apaisement, il exige le retour au calme. De nombreux participants demandent la parole, mais Maha, d'un hochement de tête et d'un clignement de paupières, signifie qu'elle n'en a pas terminé.

Elle reste encore un instant, le cou tendu, les yeux entrouverts. Elle aurait voulu cacher son émotion, paraître impassible et froide, mais son indignation devant le peu de sérieux, d'objectivité et de rationalité des humains a fait passer l'oranger de son cou au vermillon.

Ceux dans la salle qui côtoient journellement les Esprits et ont gardé suffisamment de calme pour pouvoir l'observer, savent ainsi qu'elle a du mal à supporter la situation.

Enfin, enfin, un semblant de silence tombe sur l'assemblée. Maha ouvre grand ses yeux verts et poursuit son exposé. Les replis de sa gorge ont subitement viré au gris neutre de la réflexion et de la concentration.

Elle déroule maintenant posément la suite de sa proposition.

Les richesses amassées par la mission sur Shiva devront être entreposées sur le satellite Europe dans un endroit neutre sous contrôle du Conseil des Nations, et les matériaux précieux seront écoulés au fur et à mesure des besoins technologiques, avec obligation pour les utilisateurs de justifier de leur utilisation, et avec l'interdiction de les stocker. Une surveillance devra être assurée par un comité d'économistes et de juristes afin de prévenir tout risque de spéculation et de perturbation trop forte des échanges économiques et monétaires mondiaux.

Les métaux précieux et les Terres Rares seront acheminés aux frais du Conseil des Nations vers une base du pays auquel ils seront attribués sur Europe, Ganymède ou Callisto. A charge pour le destinataire de transporter éventuellement ces matériaux vers une autre planète, la Terre ou Mars, ou toute autre destination, en fonction de ses besoins.

Une totale transparence des transactions, garantie par le Free Information Act, assurera l'équité du partage et évitera les différends.

Maha s'interrompt et pose ses deux mains à plat sur le pupitre devant elle, de part et d'autre du petit écran 3D. Sans bouger le buste, elle tourne la tête, à plus de 90° comme savent le faire les Esprits, pour croiser le regard de Gôô perché sur un rehausseur non loin d'elle. Tous les deux clignent trois fois de leurs membranes nictitantes, les paupières translucides qui balaient horizontalement leurs grands yeux. Ils se comprennent.

Dans la salle, pas d'explosion d'indignation ou de colère cette fois, mais un murmure qui enfle jusqu'au brouhaha, un croisement d'interjections, de discussions, d'argumentations.

Qui se prolonge, s'éternise.

Maha ne bouge toujours pas, elle reste campée bien droite derrière le pupitre de bois blond, les yeux brillants entre ses paupières ridées.

Peu à peu les participants perçoivent son immobilité, et les regards se tournent à nouveaux vers elle. Les quelques parlementaires qui poursuivent encore des dialogues animés avec leurs voisins prennent soudain conscience du calme revenu, relèvent la tête, remarquent les regards désapprobateurs, et font silence à leur tour.

Maha reprend la parole pour déclarer qu'elle a un dernier point important à aborder.

Ceux placés derrière elle voient la peau de son dos se teinter de jaune pâle. Maha est anxieuse, embarrassée, comme le montre la teinte qu'a pris son cou.

Les Esprits, annonce-t-elle finalement à l'assemblée, demandent instamment que ce soit eux, et eux seuls, assistés seulement de CyberCerveaux, qui composent l'équipage de la mission vers Shiva, et assurent, sur Europe, le traitement, le stockage, le contrôle et la distribution des métaux collectés sur l'astéroïde. C'est, martèle-t-elle avec force, le seul et unique moyen de garantir une totale neutralité par rapport aux forces politiques et économiques en concurrence. Le seul moyen de préserver l'équilibre économique et financier de tout le Système Solaire.

Puis, sans ajouter un mot, elle quitte la tribune, remplacée un instant plus tard par le Président Annuel, Peter/YRK5PLU[Chairman], très hésitant, pris de court, et incapable pendant un long moment d'obtenir suffisamment de calme pour pouvoir diriger les débats.

Dans un désordre difficile à juguler, les discussions se poursuivent longtemps dans la nuit, jusqu'à ce que le Président décide de clore les débats et de convoquer une session extraordinaire pour la semaine suivante, le 12 avril, dans l'espoir que les parlementaires, qui auront eu le temps de réfléchir à la situation, sauront alors prendre une décision.

Les participants virtuels éteignent un à un les holoprojections qui leur servent d'avatar dans l'hémicycle et les participants réels, à la fois épuisés et excités, s'égaient dans les rues pittoresques de la vieille ville de Strasbourg, qui n'ont guère changé depuis le début du siècle.

Malgré l'heure tardive, dans la douceur précoce de ce beau printemps, la lumière chaude des "vinstubs" invite les noctambules à un verre de vin et un "flammekueche". Les parlementaires, par petits groupes, se dispersent dans la vieille ville, dans les ruelles de la Petite France, entre les hautes maisons à colombages sombres dont les encorbellements surplombent les pavés usés.

Les Esprits, eux, du moins ceux présents physiquement à Strasbourg, se rendent en autoporteurs au restaurant La Hache, en face de l'Ancienne Douane, la plus vieille taverne de la ville, en activité depuis 1257, il y a huit siècles. Ils y ont réservé de grandes tables aux nappes à carreaux rouges.

Les voilà installés.

Les quatre doigts gris de sa main gauche serrés sur le pied élancé d'un verre de Riesling qu'il élève dans la lumière, Gôô, le plus ancien des Esprits ressuscités par les humains, demande la parole.

Connivence

ᑎᑎ ᐱᎷᎻᎾᕻᒑᒑ
++ ᑕᐧᐱᘙᘙ ᘙᒑᕮᎷᎻᎲᘙ

Lorsque Ciel est rouge,
Malheur est à la porte.

Encyclopédie de l'Astéroïde / Article n° 127J

Lac Kivu/Rwanda/UNAFRI
Le jeudi 7 mars 2058, à 15h03 UTC

Foy et Gôô sont assis dans le jardin. Le soleil vermillon est déjà très bas au-dessus des reflets miroitants du lac Kivu, en contrebas. Le feuillage moutonnant de la forêt dense qui descend vers la grève prend des couleurs chaudes sous les rayons dorés.
Dans le ciel déjà sombre, une longue cohorte de petits nuages pommelés se colore d'orangé et de mauve. Dans les frondaisons, tout près, des oiseaux invisibles se disputent dans un vacarme de piaillements.

Foy/Z2W42UP[Psy], la cinquantaine rayonnante, le visage à la peau brune, à peine ridée, encadré d'une tignasse rousse bouclée, gainée dans la combinaison légère en ThermoTeX rouge rubis qu'elle affectionne, est nonchalamment vautrée dans un confortable fauteuil à mémoire de forme qui fait face au lac.
Bien que l'hôtel soit situé presque sur l'équateur, au sud-ouest de ce qui a été, jusqu'à la Guerre Globale, la République du Rwanda, l'air y est tempéré par l'altitude et la brise qui souffle du lac.
C'est là qu'elle a rejoint Gôô, après la mémorable séance du Conseil des Nations qui s'est tenue deux jours plus tôt, durant laquelle il a représenté les Esprits.

Gôô/56F82U3[Esprit], le vétéran des Esprits, éclos il y a moins de treize ans, est campé en face d'elle, sur une espèce de large tabouret rembourré. Treize ans seulement, mais tant de choses se sont passées depuis!

Sa large queue musclée appuyée sur un coussin, ses huit orteils bien écartés et la peau grenue de son torse teintée de jaune témoignant de son bien-être, il raconte à Foy, l'être humain qui lui est le plus cher, la séance de l'avant-veille à Strasbourg/NATO.

Sa mémoire, exceptionnelle selon les critères humains, lui permet de répéter chaque intervention, chaque réplique, chaque péripétie des houleux débats provoqués par la proposition, faite par la communauté des Esprits, de prendre en charge entièrement l'expédition vers Shiva et le contrôle des minerais qui y seraient prélevés.

Mais tandis que Gôô détaille consciencieusement de sa voix nasillarde les objections qui n'ont pas manqué de jaillir, Foy ne peut empêcher son imagination de s'échapper et de vagabonder.

Une fois de plus, elle ne peut réprimer son émerveillement, toujours renouvelé, jamais émoussé, devant les stupéfiantes aptitudes de son interlocuteur. Ce petit être reptilien et ses soixante-trois congénères, inexistants il y a quelques années seulement, ont été régénérés à partir de petits fichiers de données, d'un peu plus d'un GigaOctet seulement, contenant leur code génétique. Ce n'est vraiment qu'en retraçant mentalement l'histoire si récente des treize dernières années que Foy prend pleinement conscience de l'importance capitale qu'ont déjà pris les Esprits dans l'histoire humaine. Ils ont bien sûr remis en cause tous les préjugés anthropocentriques mettant l'humanité au sommet de la pyramide du Vivant, mais aussi pertinemment questionné la gestion des ressources de la planète, et le point de vue des humains sur leur propre diversité.

Elle s'émerveille encore et encore devant ces êtres subtiles et industrieux, et si profondément "alien", qui ont fait passé, pour la majeure partie de la population mondiale, les petites différences humaines, ethniques, morphologiques, morales ou religieuses au second plan.

Tandis que Foy rêvasse, Gôô/56F82U3[Esprit] perçoit enfin son inattention, et, sans commentaire, sans reproche, s'interrompt au milieu d'une phrase, pour laisser échapper le gloussement qui lui tient lieu de rire.

Ce n'est pas un vrai rire, bien sûr. Les Esprits portent, enfouis dans leurs gènes, des comportements innés hérités de leurs ascendants disparus il y a 252 millions d'années. Leur totale immersion, depuis leur éclosion, dans la société des hommes, et leur coupure d'avec leurs parents biologiques disparus les ont amenés à imiter, à adopter des comportements qui pour les humains sont, au moins partiellement, innés. Ils ont ainsi appris à exprimer leur gaieté ou leur amusement, ou encore leur moquerie par une vocalisation qui ressemble à un rire.

Mais Foy, qui côtoie Gôô depuis son éclosion, ne se fie plus à ces comportements sociaux appris. Elle sait lire les expressions involontaires, spontanées, de l'Esprit, ses clignements de paupières et de membranes nictitantes, les fluctuations de coloration de sa peau, les rides d'expression de sa face. Elle sait détecter les éventuelles contradictions entre le discours non verbal, inné, de son ami reptilien et les mots qu'il prononce.

Elle le connait bien, en fait. Très bien.

C'est elle qui était penchée sur la bulle stérile du laboratoire de la station orbitale Lagrange 5, lorsque le 13 novembre 2044, Gôô, le premier de la couvée de quatre Esprits qui ont été recréés, a brisé son oeuf et que ses yeux encore englués de mucus se sont rivés sur les siens.

Elle l'ignorait alors, mais cet instant a scellé pour Gôô/ 56F82U3[Esprit] un lien exclusif et inaltérable avec Foy/ Z2W42UP[Psy]. Il s'est établi, à l'insu de Foy, comme une empreinte indélébile, et elle est devenue pour Gôô une espèce de mère, de marraine, de mentor, de modèle. Ce lien très fort, très instinctif, qui passe avant toute considération pratique et logique, Foy/ Z2W42UP[Psy] l'a accepté. Il lui a incidemment permis d'approcher, de côtoyer, d'échanger avec un Esprit de manière bien plus intense que si elle n'avait été qu'une amie ou une observatrice.

Ces presque treize années d'observation de l'aîné des Esprits ressuscités ont ainsi fait d'elle une experte mondialement reconnue. La légitimité de cette renommée est renforcée par le fait de Foy était membre de l'équipage du vaisseau Erendiz qui a accosté le fameux astéroïde 2043KP33, et qui a permis de découvrir les Esprits.

Depuis ce temps, Gôô/56F82U3[Esprit] a grandi, et cet attachement instinctif à Foy/Z2W42UP[Psy] a progressivement fait place à un lien d'affection et de camaraderie très puissant, qui a pu, peu à peu, s'accommoder des absences et des indisponibilité temporaires de l'un ou de l'autre.

Aujourd'hui encore, assise sur cette terrasse qui surplombe le grand lac Kivu, au coeur de l'Afrique, le regard posé sur les grands yeux verts de Gôô, Foy s'émerveille de cette affection étrange qui enjambe le gouffre génétique qui les sépare : ils sont maintenant devenus des amis proches, des confidents.

Foy/Z2W42UP[Psy] prend soudain conscience du silence de son interlocuteur, se reprend, s'extrait de sa rêverie, et sa longue main brune aux doigts fins se pose sur celle de l'Esprit, dont les quatre doigts gris, groupés deux par deux pour pouvoir former une pince, s'étalent sur la petite table encombrée de verres de jus de fruit.

Ce faisant, elle se rappelle fugitivement l'étonnement difficilement camouflé de ses collègues psychologues lorsqu'ils l'ont vue pour la première fois prodiguer ce geste d'affection à son protégé. Comment peut-ont aimer caresser une main si peu humaine, que notre sensibilité nous fait percevoir comme laide, voire repoussante ?

Elle lève les yeux sur le panorama en face d'elle, les lambeaux de nuages cramoisis sur l'horizon au-dessus du moutonnement vert sombre du lac.

Ce lac qui a vu tant de malheurs. C'est là que lors du génocide qui a déchiré le Rwanda à la fin du siècle dernier, en 1994, des milliers de cadavres de l'ethnie Tutsi ont été jetés.

C'est là encore que quelques semaines seulement avant la Guerre Globale, le 2 janvier 2029, une gigantesque bulle de méthane, piégée depuis des siècles dans les eaux profondes du lac, est montée à la surface, asphyxiant plus de 30000 personnes en quelques instants.

Les scientifiques étaient pourtant vigilants. Il y a déjà un siècle, ils avaient découvert que le lac recèle d'énormes quantités de gaz captifs, et la conscience d'un risque important pour les populations s'est faite bien avant le drame.

Depuis, une usine de récupération des gaz s'est installée plus loin, sur la rive Ouest, cachée à la vue de Foy par les replis de terrain. Elle prélève massivement du méthane et réduit ainsi les risques de dégazage spontané du lac. Il est ensuite distribué vers les populations installées sur les rives. Non pas que la combustion d'hydrocarbures soit nécessaire à la production d'énergie : depuis le début des années 2040, lorsque les générateurs à fusion se sont généralisés et ont pu être miniaturisés, l'extraction du pétrole, du charbon et du gaz naturel a peu à peu diminué, pour presque disparaître. Les rejets de gaz carbonique dans l'atmosphère s'en sont trouvés réduits d'autant, et les océans et les forêts ont pu, à nouveau, rétablir un équilibre qui avait été perturbé dès les débuts de l'ère industrielle.

Ici, au bord du lac, l'utilisation du méthane n'est, somme toute, qu'un sous-produit de l'extraction qui permet, par mesure de sécurité, d'empêcher un dégazage catastrophique et la mise en danger des petites villes qui se sont développées sur la rive, plus au Nord. Mais ici, sur la rive Sud-Est du lac, la nature est restée luxuriante, et le spectacle de la forêt est splendide.

Et tout est si paisible ce soir.

Le ciel est magnifique. Le soleil se couche maintenant au-dessus des flots et l'horizon flamboie. Foy voit son compagnon se découper en silhouette sur le ciel rouge.

Mais Gôô ne se retourne pas, il ne veut surtout pas contempler le soleil couchant, et le malaise qui l'envahit progressivement se manifeste par ses yeux froncés. Sa gêne en est presque palpable. Foy sait que si l'éclairage le permettait, elle verrait certainement la coloration verte qu'a prise la peau des bras de l'Esprit.

Oui, elle sait. Il faut rentrer.

Les ancêtres de Gôô ont vécu le cataclysme d'une extinction massive des espèces végétales et animales, causée par les titanesques épanchements de lave qui ont recouvert ce qui est devenu aujourd'hui la Sibérie. Pendant des centaines de générations, des kilomètres cubes de roches en fusion se sont répandus, éjectant des gaz délétères et ravageant la flore. Au-dessus de l'horizon, le ciel avait la couleur du sang.

C'est ainsi qu'un ciel rouge a été, pour les aïeuls de Gôô, de tous temps, le signe du malheur et de la destruction. Maintenant encore les Esprits portent en eux, enfoui profond dans leur psychisme, une aversion, une phobie atavique pour le soleil couchant, que leur raison ne parvient pas à juguler.

L'air préoccupé, Foy, en lui tapotant la main, invite Gôô à rentrer dans le hall de l'hôtel.

Lourdement, comme un malade qui s'extrait de son lit d'hôpital, le petit être reptilien se lève et secoue sa tête comme pour s'ébrouer.

Lorsqu'il se dirige vers la porte vitrée qui donne sur la grande salle, le communicateur fixé à son poignet se met à vibrer.

From   Tyw/DFG125T[Esprit]
To   Closed Subgroup/5MTHD2P[Esprit]
Time   2058-03-07, 15:45 UTC

Message #082688567895

Public under Free Information Act
Transcrypt : Franglais

Source   Rapport NATO/Diplomacy/#KL16523

Les leaders de NATO négocient auprès des représentants d'UNAFRI pour avoir leur appui lors du prochain vote du CONSEIL NATIONS 2058-03-12.

Objectif : obtenir l'envoi des minerais de Shiva vers satellite Callisto / bases de NATO plutôt que vers satellite Europe / bases internationales

Contrepartie : installation 2 bases UNAFRI sur Callisto et partage des ressources de Shiva.

End of message

Cheeta

Lac Kivu/Rwanda/UNAFRI
Le jeudi 7 mars 2058, à 15h46 UTC

Gôô/56F82U3[Esprit], après avoir lu, le dos tourné au soleil couchant, le message qui s'est affiché sur son communicateur, se dirige avec empressement vers le hall de l'hôtel. C'est à ce moment que celui de Foy, à son tour, lui transmet la même information, mais provenant d'Ugo/MUZ1P45[Superviseur], son ami, son amant et son confident, qui a été son coéquipier jadis lors de la mission Erendiz.

La belle femme rousse et le petit être reptilien échangent alors un long regard, dans lequel passe toute la complicité qui les lie.

Quelques instants plus tard, ils s'installent à une table dans le restaurant. Gôô/56F82U3[Esprit] tourne le dos à la grande baie vitrée, rendue presque opaque par le filtre à cristaux liquides que Foy s'est empressée d'activée avec la petite télécommande incrustée dans la surface lisse de la table.

Immédiatement, un robot serveur s'approche furtivement sur ses roulettes en élastomère, presque silencieuses sur la moquette sombre du restaurant. Il marque un temps d'arrêt, comme une hésitation, des voyants papillotent sur le petit écran incliné. Son vocaliseur toujours muet, il fait volte-face et repart aussi vite qu'il est venu.

Quelques instant plus tard, un maître d'hôtel humain hilare, un grand africain très stylé au costume blanc impeccable, au visage avenant, visiblement très amusé par la péripétie, vient leur expliquer que c'est la première fois qu'un Esprit pénètre réellement dans l'établissement. Le robot serveur n'a pas été programmé pour une telle éventualité, il est revenu bredouille au comptoir en clignotant et en affichant plusieurs messages d'erreur. C'est pourquoi il vient, lui, prendre la commande.

Peut-être encouragé par les deux regards verts levés vers lui, et malgré l'étiquette stricte du restaurant, le maître d'hôtel ne peut s'empêcher de détailler avec attention tout d'abord l'étrange visiteur reptilien, puis, encore plus longuement, avec une égale curiosité, la splendide femme bottée de noir en combinaison moulante.

Lorsqu'il s'en retourne avec la commande, Gôô et Foy se regardent puis rient ensemble de bon coeur, et c'est comme une cascade de cristal qui se mêle au hoquet amusé de l'Esprit.

Mais très vite ils reprennent leur conversation sur le sujet brûlant de la mission vers Shiva, qui les préoccupent tous deux.

Les Esprits communiquent entre eux sous le couvert du Private Data Act[4] qui protège le secret des échanges interpersonnels privés. Il n'a échappé à aucun observateur que s'ils ont volontairement limité leur nombre à soixante quatre, c'est précisément afin de pouvoir, en toute légalité, partager entre eux des données confidentielles. Au-delà de ce nombre d'individus, les informations tomberaient sous le coup du Free Information Act[5] et deviendraient obligatoirement publiques.

Foy sait bien que Gôô et ses congénères, solidairement, poursuivent un but commun. Elle en devine les contours, et elle perçoit leur besoin de défendre leurs différences. Elle comprend leur aspiration à trouver, quelque part dans le système solaire, un endroit où ils pourraient, en toute intelligence avec les humains, aménager un monde à eux qui leur soit spécifiquement adapté, et où ils ne seraient pas, comme aujourd'hui, des curiosités que l'on tolère par intérêt.

Foy/Z2W42UP[Psy], comme beaucoup d'observateurs, a bien compris qu'une mission vers Shiva et le transfert de minerais précieux sur Europe, le second grand satellite naturel de Jupiter,

---

[4] Private Data Act : voir l'article de Wikicycla, page 169

[5] Free Information Act : voir l'article de Wikicycla, page 159

pourraient être pour les Esprits un prétexte, une opportunité pour s'y installer et y jouer un rôle clé dans le système solaire, sans contrôle direct des humains.

Mais à titre individuel, Gôô/56F82U3[Esprit] est, comme d'autres Esprits qui ont établi des liens affectifs profonds avec des humains, tiraillé et partagé. Ce soir, ici, au bord du lac Kivu, en tête-à-tête avec Foy, l'aîné des Esprits a du mal à se livrer. Il explique, argumente, louvoie, guette une approbation, une acceptation.

Une heure plus tard, Gôô/56F82U3[Esprit] et Foy/Z2W42UP[Psy], qui discutent encore à voix basse, sont toujours attablés. Derrière l'Esprit, la grande baie vitrée, dont le filtre est maintenant désactivé, laisse voir, dans la nuit maintenant noire, le reflet de quelques lumières sur l'eau miroitante du lac, plus bas. Sur la table, le maître d'hôtel stylé a allumé une vraie bougie de cire dont la flamme fugace fume un peu, et qui diffuse la fragrance douce du feu. Les lumières sont tamisées. Le diffuseur multiphonique susurre la complainte très douce, toute feutrée, d'un saxophone subtil, bercée par la pulsation ronde d'une contrebasse et le froissement d'une cymbale.

Dans les assiettes presque vides, repoussées vers le milieu de la petite table par l'Esprit et la belle femme rousse, ne restent que les reliefs d'un repas fin. Une tranche d'agneau grillée aux herbes. Des topinambours et des panais. Une salade frisée.

Pendant un instant délicieux où tous deux s'abandonnent à écouter la mélopée du saxophone, le regard de Foy parcourt les assiettes abandonnées. Se prend à en détailler les restes. S'il y avait bien des topinambours et des panais, et de la salade, cultivés dans une des immenses serres écobiologiques disséminées un peu partout sur le continent africain, il n'y avait pas de tranche d'agneau grillé. Non. La viande savoureuse, délicieusement tendre qu'ils ont mangée provenait d'une des nombreuses usines à viande dans lesquelles, à l'échelle industrielle, des tissus musculaires sont cultivés. Il sont alimentés avec les nutriments élaborés dans les grands digesteurs où des souches de bactéries soigneusement sélectionnées transforment des montagnes de débris végétaux.

Les meilleures races d'animaux de boucherie ont fourni des cellules sélectionnées, pour produire, sans adjonction de pesticides, de colorants ni d'aucune substance chimique néfaste, une viande régulière, juteuse, sans nerf, sans os, sans trop de gras… Et c'est avec un étonnement rétrospectif que Foy se remémore les élevages industriels concentrationnaires qu'elle avait visités dans son adolescence.

Ses yeux s'arrêtent maintenant sur les grands verres à pied encore à demi pleins qui trônent sur la table. Gôô qui a suivi son regard se saisit du sien. Il l'élève pour en contempler par transparence le contenu à la lueur de la bougie. Comme son amie humaine, il a une excellente perception des couleurs et il admire le rubis velouté du Rioja Gran Reserva de 2044 qui repose au creux du verre.

Gôô/56F82U3[Esprit] est un hédoniste, et Foy, qui perçoit la couleur mordorée qu'a prise la peau de l'Esprit, comprend son bien-être. Ses membranes nictitantes aux trois quarts fermées, ce qui donne à ses pupilles, à travers la fine peau translucide, une couleur trouble, il sirote le vin avec délectation. Il est déjà ivre.

Gôô s'est maintenant positionné sur le côté, sa queue massive posée sur l'accoudoir de la chaise matelassée. Son élocution est de plus en plus chaotique, hasardeuse, mais aussi de plus en plus volubile. Foy l'écoute, amusée, le fait répéter lorsque sa voix grinçante et nasillarde, empâtée par l'alcool, rend son discours inintelligible.

Gôô/56F82U3[Esprit] se livre, et confirme à Foy ce qu'elle a bien sûr déjà largement deviné, et qui fait l'objet de débat animé dans tout le système solaire : la découverte de Shiva, cet astéroïde chargé de trésors, prend une importance considérable pour les Esprits. Elle leur fournit l'occasion de se positionner par rapport aux grandes puissances, ASIA, NATO et même UNAFRI, qui rivalisent pour le contrôle non seulement de la planète Terre, mais aussi pour toutes les conquêtes de l'humanité dans le système solaire.

Les soixante-quatre Esprits ont, au fil des années, de plus en plus de mal à éviter d'être accaparés, instrumentalisés, utilisés par les protagonistes politiques. Ils sont conscients que leur tout petit nombre, au regard du milliard d'humains, est un défi, mais en même temps ils comprennent que leurs aptitudes, sinon supérieures, du moins différentes, leur donnent des atouts cruciaux.

Avec Shiva, s'ils arrivent à en obtenir le mandat par le Conseil des Nations, ils pourront, en jouant de leur neutralité, se poser comme arbitres et obtenir leur "place au soleil". Gôô, que son verre de vin désinhibe et rend plus loquace, avoue à Foy que les soixante-quatre Esprits souhaitent quitter la Terre et ses satellites pour s'installer tous ensemble par exemple sur Europe, le second grand satellite de Jupiter. Celui qui est resté international jusqu'à ce jour. Où… ailleurs … Shiva en fournit l'occasion…

Là, subitement, à travers le brouillard de l'alcool, Gôô/ 56F82U3[Esprit] prend conscience qu'il en a peut-être trop dit. Ce que, sous le couvert juridique des informations privées interpersonnelles, les Esprits avaient jusqu'alors gardé secret dans leur cercle fermé de soixante-quatre individus, il vient, peut-être un peu, de le livrer à Foy.

Celle-ci voit soudain l'Esprit se raidir, les membranes nictitantes se retirer dans le coin des yeux qui s'ouvrent tout grand, les pupilles fendues maintenant presque rondes.

Après un instant de gêne, pendant lequel elle fixe la flamme dansante de la bougie, Foy/Z2W42UP[Psy] relève la tête et sourit, saisit son verre pour trinquer, sans quitter des yeux la face tendue de l'Esprit, dont, dans la pénombre, elle ne parvient pas à percevoir la couleur.

Et soudain Gôô émet le hoquet sonore qui lui tient lieu de rire. Tout va bien. Il comprend qu'il peut faire confiance à Foy, et que cette dernière, de toute façon, avait déjà deviné une bonne partie de ce qu'il lui a spontanément livré.

Comme la marée qui se retire, l'ambiance se détend à nouveau, et c'est à ce moment qu'ils entendent des pas se rapprocher, quelqu'un venir à eux.

La silhouette trapue et poilue qui s'est avancée, et qui s'est redressée sur ses jambes après s'être arrêtée à deux pas, n'est guère plus haute que Gôô. Ses bras qui pendent arrivent jusqu'un peu plus bas que ses genoux, et sa face claire fait une tache de lumière dans l'ombre. Ses lèvres mobiles et minces s'avancent dans une espèce de sourire, et ses mains se mettent soudain à faire des signes frénétiques.

C'est Cheeta/ZO9J789[Chimpanzé], une des habituées du lieu, qui vient saluer Gôô, dont elle a fait connaissance la veille au soir. Cheeta, dont les vocalisations ne vont pas au-delà de quelques dizaines de cris exprimant des émotions, est très bavarde en Gestuno, la langue internationale des signes qu'elle a apprise lorsqu'elle n'était encore qu'une enfant.

Foy, qui n'y comprend rien, jette des regards perdus à Gôô qui, malgré son ivresse, signe à son tour, avec les limitations que lui imposent sa face peu mobile et le fait que ses mains n'aient que quatre doigts. Et déjà Cheeta s'avance, non vers Foy, mais vers Gôô, et se serre contre lui, avant de s'emparer de son verre où reste encore un peu de vin, et de le vider d'un trait.

Avant que Cheeta/ZO9J789[Chimpanzé] n'ait eu le temps de reposer le verre de Gôô et de prendre celui de Foy, celle-ci s'en saisit vivement et le serre sur sa poitrine, en grimaçant. Foy doit s'avouer qu'elle se sent, secrètement, un peu surprise et déçue que la femelle chimpanzé se soit dirigée si spontanément vers l'Esprit plutôt que vers elle, qui est somme toute sa cousine biologique. Mais tout ceci n'est qu'un jeu et il s'en suit une pantomime de feintes et de rires, jusqu'à ce que le maître d'hôtel, qui observe la scène de loin avec amusement, s'approche avec un gobelet pour le chimpanzé qui le saisit avec un rictus.

Ici, au bord du lac Kivu, les quelques chimpanzés encore vivants sont choyés et respectés. C'est à une vingtaine de kilomètres, dans ce qui a été le Parc National de Nyungwe, que les dernières populations de chimpanzés ont survécu aux séquelles de la Guerre Globale, qui a poussé des humains affamés à en braconner les dernières populations.

Il y a quelques années, ils se sont vus attribuer un identifiant[6], comme les humains, les Esprits et les Cybercerveaux de 4ème génération, qui officialise le fait qu'ils sont des personnes, et que leur destruction est assimilable à un meurtre.

Aujourd'hui, ils sont la fierté de leurs voisins humains, des mascottes, des compagnons de jeu.

Déjà Cheeta, qui, de ses lèvres souples et fines, a appliqué un baiser sonore sur la joue de Foy, s'éloigne vers une autre table dont les convives, avec des rires, l'attirent en lui tendant des biscuits.

Gôô et Foy la suivent du regard en méditant tous deux sur ce qui permet à des êtres sensibles, par-delà la barrière des espèces, non seulement de coexister, mais aussi de s'entendre et de collaborer.

---

[6] Personal ID étendu : voir l'article de Wikicycla, page 183

Lagrange 4

Mieux vaut sauter dans le feu avec l'Ami
que dormir à côté de l'Ennemi.

Encyclopédie de l'Astéroïde / Article n° 509M

Station Orbitale Lagrange 4
Le mardi 12 mars 2058, à 11h03 UTC

La vue est magnifique, somptueuse, vertigineuse.
La grande baie transparente, d'allure si fragile, ouvre sur l'immensité.
La station orbitale Lagrange 4, titanesque roue de cinq kilomètres de rayon, tourne sur son axe en six minutes, créant ainsi sur sa périphérie, grâce à la force centrifuge, une pesanteur artificielle équivalente à celle de la Lune, ce qui permet à ses occupants de vivre sans les désagréments de l'apesanteur. Le "bas" est ainsi dirigé vers l'extérieur du grand anneau de la station, et le "haut" vers l'axe de rotation.

Elles sont là, toutes les quatre, dans les fauteuils moelleux du Salon B3, à contempler, à travers la coupole au-dessus d'elles, les infrastructures qui s'étirent de chaque côté, et se rejoindre à dix kilomètres, au zénith, comme une gigantesque arche qui se découpe sur le ciel étoilé, toute scintillante des lumières qui filtrent des hublots et des dômes comme celui sous lequel elles se trouvent. Elles devinent des entrepôts, des modules de stockage, des couloirs pressurisés, une profusion de structures métalliques dont elles ignorent la fonction.

A mi-chemin, au-dessus d'elles, maintenus par les longues poutrelles et les tubulures qui forme les rayons de la grande roue, sur ce qui tient lieu de moyeu à Lagrange 4, là où la gravité est nulle, sont situés les sas d'accostage, les docks où les vaisseaux viennent s'arrimer, les chantiers de construction.

L'impression est étrange : le "plafond" transparent du Salon B3, bombé comme une bulle, qui les sépare du vide, parait si fragile, si ténu ! Et pourtant sa robustesse lui permet de résister à l'impact des micrométéorites qui percutent de temps en temps la station, et ne laissent, sur sa surface lisse, que de petites égratignures.

Et le danger invisible du rayonnement cosmique qui bombarde inlassablement Lagrange 4 est quant à lui écarté par les grands générateurs à supraconducteurs qui maintiennent, tout autour des installations, un champ magnétique intense.

Aussi loin que leur regard peut porter, les occupantes du salon voient ce que les terriens ont, année après année, construit ici, à près de 385 000 km de la Terre, sur une orbite de même rayon que celle de la Lune, en avance de 60° sur celle-ci. Mais l'orbite de Lagrange 4 est maintenu dans le même plan que celle de la Terre autour du Soleil, alors que celle de la Lune est inclinée de 5° environ.

Cette configuration favorable, déterminée par les concepteurs de Lagrange 4, permet d'éviter le rayonnement direct sur les coupoles transparentes de la station, comme celle du confortable Salon B3 : le Soleil, et d'ailleurs également la Terre, seront soit sous les pieds des occupants, soit cachés par le côté diamétralement opposé de la grande roue.

Humil et Shôôm ont toutes deux éclos dans un laboratoire de Lagrange 5, la station jumelle de Lagrange 4, distante de 665 000 km, soixante degrés derrière la Lune sur son orbite.

C'était quelques semaines seulement après l'évènement historique de la toute première couvée. Deux humains étaient là, à ce moment-là, tout près, penchés sur la cloche de verre qui recouvrait la coupelle dans laquelle reposaient les oeufs : Luka/3KY5221[Navigateur], un des quatre équipiers de la fameuse mission Erendiz qui a découvert les Esprits, et Youn/OMP123T[Bioticienne], une des scientifiques qui ont contribué à recréer les Esprits à partir des données génomiques récupérées sur l'astéroïde 2043KP33. Ils ont tous deux regardé les petits êtres reptiliens écarter les débris de leur oeuf et ouvrir des yeux curieux sur le monde. Leurs regards ont croisé les pupilles étranges des nouveaux-nés.

Depuis, Humil/ERB5PLI[Esprit] entretient avec Youn/OMP123T[Bioticienne] un lien particulier, comme si la petite coréenne pétillante était une espèce de mère.

Shôôm/MI568EN[Esprit] s'est quant à elle attachée au grand africain rieur, et c'est avec un étonnement et un embarrassement toujours intact que Luka/3KY5221[Navigateur] accueille, lorsque les hasards de la vie les font se rencontrer, l'affection un peu dérangeante de la petite femelle Esprit.

Dans le salon feutré, sous le dôme ouvert sur les étoiles et la grande arche au-dessus de leurs têtes, Humil, Shôôm, Youn et Ingrid/IPC53ND[Cybernéticienne], une grande blonde maigre au yeux bleu pâle comme de la porcelaine, ont interrompu leur conversation et observent une navette qui monte vers les docks situés sur l'axe, là où la pesanteur est nulle et où les sas pivotant en contre-rotation rendent l'accostage plus aisé. De nouveaux matériaux en provenance des bases de lancement d'ASIA au Kazakstan vont être transbordés. La construction de nouveaux vaisseaux va bon train.

La navette est passée, et ils s'attardent un instant à contempler le sublime panorama, l'abîme obscur parsemé d'une myriade de points lumineux qui ne scintillent pas. La rotation en six minutes de la station qui tournoie comme une gigantesque toupie fait pivoter, pour ses occupants, la voûte étoilée autour d'un axe imaginaire qui passe d'un côté par la constellation du Dragon, de l'autre par celle de la Dorade, où il est marqué par la tâche diffuse du Grand Nuage de

Magellan, une galaxie satellite de notre Voie Lactée. Tout autour, les quatre occupantes du Salon B3 voient à vue d'oeil tourner les étoiles. La Lune, dont l'orbite autour de la Terre est inclinée de cinq degré par rapport à celle de la station orbitale, est presque pleine en ce moment et sa blancheur laiteuse apparaît au raz du grand anneau, partiellement masquée par les superstructures et les antennes.

Mais les quatre complices ne restent pas longtemps rêveuses, et elles s'arrachent une à une à la contemplation du spectacle que le passage de la navette a suscitée.

Car l'heure est grave.

Il y a seulement deux heures, ce mardi 12 mars 2058 à 9 heures UTC, soit à 16 heures, heure locale, le Conseil des Nations réuni dans ses locaux de Hong-Kong, ASIA, a décidé, à une majorité des deux tiers comme le requièrent les statuts, de confier aux Esprits la mission de se poser sur l'astéroïde Shiva pour en extraire des minerais. L'expédition qui partira le 23 mai 2058 devra comporter, en plus de l'équipage des Esprits, au minimum trois humains, un d'ASIA, un autre de NATO et un troisième d'UNAFRI ou d'un autre des non-alignés. Après 186 jours de travail sur l'astéroïde, l'expédition devra, le 12 mars 2059 au plus tard, changer d'orbite pour gagner le système de Jupiter et se poser sur Europe, sa seconde grande lune. Europe, territoire international, est ainsi destinée à devenir la base de stockage des métaux précieux, dont la distribution aux nations sur Terre et sur les autres colonies du système solaire sera contrôlée par le Conseil des Nations.

Un peu partout sur la planète bleue, sur les bases lunaires et les stations orbitales, les colonies de Mars et les satellites de Jupiter, nombreux sont ceux qui se félicitent de l'arrêt pris par le Conseil des Nations. Les débats et les commentaires, les célébrations et les critiques vont bon train dans tous les lieux habités du Système Solaire.

Ici, dans ce salon confortable, en orbite autour de la Terre, dans la lumière douce des petites lampes disséminées le long des cloisons tendues de tissus sombres, les deux humaines et les deux Esprits, devant le panorama immense de l'univers, discutent des conséquences de cette décision.

Les spationautes de jadis seraient très étonnés du luxe dans lequel vivent aujourd'hui les expatriés en orbite. L'austérité spartiate des premières stations spatiales est oubliée depuis longtemps, et ici, sur Lagrange 4, la vie ressemble à celle des grandes métropoles sur Terre, avec ses bars, ses salons mondains, et la faune qui les fréquente.

Le parfum d'un Laphroaig Single Malt à l'arôme tourbé flotte au-dessus des verres trapus disposés sur la table basse en acajou. Les Esprits ont depuis longtemps appris à apprécier le bon whisky, même s'ils restent prudents car ils s'enivrent beaucoup plus vite que ne le font les humains.

Le quatuor est singulier : Les deux Esprits sont toutes deux accroupies dans les fauteuils, leur queue rabattue sur le côté sur un accoudoir, le buste penché de côté. Les deux humaines sont confortablement vautrées entre les coussins.

Humil/ERB5PLI[Esprit] est ronde et trapue, et la peau grenue de son cou fait des plis sous son menton. Bien qu'elle ait revêtu la tunique rouge en biotissu qu'elle affectionne, et qui couvre amplement son torse et ses courtes jambes, on voit la teinte rosâtre très pâle de son cou découvert qui témoigne de son calme et de son bien-être. Elle est confiante dans la situation et estime que la mission qui les attend sera facile et sans complications. Seule ombre au tableau, son ami humain de toujours, Luka/3KY5221[Navigateur], est bien loin, en orbite autour de Mercure dans le cadre de la mission d'étude Nabû. Et la mission Nabû n'est pas censée revenir vers la Terre avant le départ pour Shiva, le 23 mai.

Shôôm quant à elle est bien plus sceptique : elle agite son corps svelte et souple et sa tête tourne vivement de droite et de gauche, pour faire face à ses interlocuteurs, sans pivoter des épaules, comme savent le faire ceux de son espèce. La couleur rougeâtre de sa face, au bout de son cou ridé qui émerge de son vêtement bleu sombre, indique son énervement. Sa voix nasillarde claque et ses paupières battent. Elle ne croit pas que la décision du Conseil des Nations puisse être appliquée sans qu'il y ait, de la part des deux principaux protagonistes, ASIA et NATO, des tentatives de contournement et de récupération de la situation en leur faveur. Elle pressent que la communauté des Esprits va subir des pressions, et qu'il ne sera pas facile de mener à bien la mission, qui survient à un moment où sur les réseaux sociaux, des groupes extrémistes mènent des campagnes de dénigrement à l'encontre des Esprits, et déterrent des superstitions venues du fond des âges.

Déjà, des plaintes ont été collectivement déposées par la communauté des Esprits pour des actes manifestes de "spécisme", le néologisme forgé pour la circonstance pour désigner le racisme à l'encontre d'une autre espèce. Shôôm/MI568EN[Esprit] n'est pas optimiste, et elle le fait savoir.

Juste en face d'elle, Youn/OMP123T[Bioticienne], son joli visage rond à la peau mate et aux yeux finement bridés tourné dans sa direction, l'écoute avec impatience, dans l'attente de pouvoir exprimer son point de vue, mais Shôôm, à flot continu de sa voix étrange, poursuit la litanie des problèmes qui risquent de survenir.

Tandis que Humil, apparemment insouciante et relaxée, sirote son whisky, le regard en l'air, la queue mollement pendante, c'est Ingrid/ IPC53ND[Cybernéticienne], la grande blonde sèche serrée dans sa combinaison grise, maintenant penchée en avant, qui interrompt Shôôm en lui coupant la parole. La voix tranchante, à l'accent allemand prononcé, assène que le Conseil des Nations est souverain et que ses décisions sont irrévocables. Comment le processus mis en marche pourrait-il être contrarié ? Pourquoi se préoccuper des ragots et des bêtises que quelques illuminés adeptes de la théorie du complot disséminent sur les réseaux sociaux ?

Longtemps encore, tandis que devant eux, la rotation continue de la station fait tournoyer lentement le panorama étoilé, les quatre femelles débattent de l'avenir, de la relation si complexe et subtile entre leurs deux espèces, et du devenir du monde.

Insensiblement le niveau de Laphroaig baisse dans les grands verres trapus posés sur la table basse.

www.lesesprits.fr/12mars2058

From   *Tyu/DFG125T[Esprit]*
To   *Gôô/56F82U3[Esprit]*
Time   *2058-03-13, 11:12 UTC*

Message ##082688569023

Private/Interpersonal/Owner: Ptuh/4PFL2IA[Esprit]
Transcrypt : Franglais

Source   Rapport NATO/Diplomacy/#KM09367

D'après étude #32567701
Private/Interpersonal/Owner: Krah/K2R4FU8[Esprit]:

Aucune puissance n'est en mesure, seule, d'organiser une mission vers Shiva sans coopération internationale.

End of message

Détresse

C'est Raison qui guide les Esprits,
qui leur inspire les meilleurs choix.

Encyclopédie de l'Astéroïde / Article n° 035E

Mission Nabû, orbite basse autour de Mercure
Le mercredi 13 mars 2058, à 02h33 UTC

Nabû file à trois kilomètres par seconde au-dessus du paysage gris et désolé de Mercure, sur une orbite très basse rendue possible par l'absence d'atmosphère. Sous le vaisseau défilent des cratères grands et petits, des failles, des trainées de débris.

Nous sommes dans la salle de pilotage de Nabû, située dans le Module A, qui comporte par ailleurs les Unités de Survie, les générateurs à fusion nucléaire et les deux grands moteurs ioniques.
Devant la large console, Luka/3KY5221[Navigateur], fébrile, essaie de se concentrer. Ses doigts courent sur le clavier tactile tandis que sur l'écran plat défilent des graphiques, des chiffres, des dessins.
Rien ne va plus, et son cerveau surchauffé se brouille. Qu'a-t-il bien pu se passer dans le Module B ? Toutes les communications de service, les commandes des télémanipulateurs, les capteurs, tout, absolument tout est coupé. Comment tout cela a-t-il pu se passer ?
A côté du Navigateur, Ptahi/4PFL2IA[Esprit], immobile, harnaché pour ne pas dériver dans l'apesanteur de la cabine, fixe l'écran. Luka, qui depuis trente minutes tente en vain de rétablir le contact et qui s'affole, sent sa capacité de concentration baisser, son attention s'évader. Il se prend à s'étonner du calme de son compagnon Esprit,

et de sa maîtrise de soi. Comment l'Esprit peut-il rester si froid, si posé ? N'a-t-il donc aucune émotion ?

La situation est vraiment grave !

Le Module B, qui comprend sa propre petite Unité de Survie, accueille le dock d'arrimage pour les navettes qui vont explorer la planète, les appareillages, les conteneurs pour les robots d'exploration, tout le matériel scientifique d'investigation et d'analyse.

Il est situé à quelques mètres seulement, de l'autre côté du sas pressurisable qui ne répond plus. Il est maintenant aussi inaccessible que s'il était sur une autre planète. Et de plus Ada/E1M5JU2[CyBrain], le CyberCerveau de la mission, dont les Unités Physiques, qui regroupent tous les éléments de son hardware, sont localisées dans le Module B, est hors d'atteinte lui aussi. Les occupants du Module A n'ont à leur disposition plus que le Noyau de Calcul, un simple ordinateur distribué dédié principalement aux tâches de routine, aux opérations de pilotage et de télémétrie, à la gestion de l'Unité de Survie.

Luka, que submerge une vague d'anxiété supplémentaire, se demande si les câbles supraconducteurs qui alimentent en énergie le Module B ne sont pas eux aussi coupés. Si c'était le cas, la situation de Sakari/A29LPWW[Capitaine], qui a été surprise dans ce maudit Module B par la panne alors qu'elle y effectuait une opération de routine, serait critique : ici, à trente kilomètres au-dessus de la surface de Mercure, le Soleil déverse sur le vaisseau treize kilowatts par mètre carré de surface, c'est-à-dire une dizaine de fois plus qu'au Sahara en plein midi. Sans l'électricité produite par les moteurs à fusion du Module A, les éléments réfrigérants, qui ne disposeraient alors plus que de l'énergie fournie par les batteries de secours, seraient impuissants à évacuer les calories absorbées par la coque, et la température à l'intérieur croîtrait inexorablement, jusqu'à cuire son occupante.

De plus Ada/E1M5JU2[CyBrain], le CyberCerveau de Nabû, est condamné lui aussi à mourir, dès que les batteries de secours seront épuisées.

Comme le vaisseau Nabû fait le tour de Mercure en 86 minutes environ, il est soumis au rayonnement solaire pendant 43 minutes, puis plonge dans l'ombre de la planète et y reste 43 minutes. Mais Luka/3KY5221[Navigateur] sait bien que ce répit périodique accordé au Module B, qui lui permet de rayonner les calories superflues vers l'espace, est très insuffisant pour empêcher la catastrophe, si l'alimentation électrique du module est coupée.

L'équipe de contrôle sur Lagrange 4 a été alertée immédiatement, et a tenté de contacter directement le Module B, sans succès.

La mission s'était pourtant bien déroulée jusque là.

Quelques jours plus tôt, au terme du long voyage depuis la Terre, le vaisseau Nabû a décéléré et s'est mis en orbite autour de la petite planète rôtie par le Soleil. Les robots explorateurs se sont ensuite posés sur la surface calcinée et ont entrepris les premières investigations. Tout semblait normal et cette seconde mission d'étude sur Mercure promettait d'être fructueuse, car les premières analyses de terrain ont confirmé les richesses minérales que les explorateurs sont venus chercher. Les investigations se sont concentrées sur Caloris Planitia. C'est un cratère d'un diamètre d'environ 1500 km, un des plus grands impacts météoritiques du système solaire, qui a déshabillé la planète de sa croûte extérieure et fait remonter vers la surface les riches métaux qui composent son noyau.

Les responsables de la mission étaient enthousiastes et les prélèvements étaient en cours.

Mais maintenant, avec la panne, les robots sur la surface de Mercure, sans télécontrôle, risquent eux aussi de périr, leurs petits générateurs de s'arrêter et leurs circuits de griller sous les 400° centigrades qui règnent par moment à la surface de Caloris Planitia.

Dans la cabine de pilotage du Module A, le vocaliseur de la console de communication   brise le silence pesant pour transmettre un message de la Terre. La voix anxieuse de Pedro/ GFK2369[Contrôleur] annonce que la station de Houston/NATO vient de recevoir un message provenant du Module B de Nabû. Sakari/A29LPWW[Capitaine], qui ne parvient plus à communiquer directement avec le Module A, pourtant tout près d'elle, à réussi, avec l'aide de Ada/E1M5JU2[CyBrain], le CyberCerveau de Nabû isolé avec elle, à transmettre un message vers la planète mère. Elle a pour cela utilisé l'antenne auxiliaire K03, dont l'implémentation sur le Module B avait tant fait débat lors de la conception du vaisseau.

Il a fallu six minutes et demie aux signaux radio pour parcourir les 115 millions de kilomètres qui séparent en ce moment Mercure de la Terre, et les contrôleurs au sol ont mis quelques instants à comprendre ce qui se passait. Le message de Pedro a lui aussi mis plus de six minutes à parvenir à Luka et Ptahi dans le Module A.

Devant la grande console du poste de pilotage du Module A, l'Esprit et l'humain se regardent longuement. Il y a environ un quart d'heure, le temps qu'a mis le message pour transiter par la Terre, là, tout près, à quelques mètres, de l'autre côté du sas bloqué, hors de portée directe, Sakari/A29LPWW[Capitaine] était toujours vivante. Et le CyberCerveau Ada/E1M5JU2[CyBrain] s'efforçait de la seconder.

Il faut faire vite, tenter quelque chose, le temps est compté, car les batteries de secours du Module B, qui doivent alimenter le système de réfrigération du module, seront vides dans quelques dizaines de minutes.

Avant qu'ils n'aient le temps d'entreprendre quoi que ce soit, un nouveau message, relayé par la Terre, et envoyé il y a déjà treize minutes par Sakari et Ada, leur demande de caler un transmetteur sur le canal COM68, en codage H3, et de régler la puissance de l'émetteur et la sensibilité du récepteur au minimum. De cette manière, les deux modules dont toutes les communications filaires sont coupées pourront communiquer par radio, à bout portant.

Sans se donner la peine de répondre ni même d'envoyer un accusé de réception, qui mettrait treize minutes à arriver, Luka s'empresse de régler un des récepteurs sur le canal demandé.

Ptahi/4PFL2IA[Esprit] le regarde faire, sans broncher, ses paupières abaissées sur ses pupilles fendues, dont on ne voit, dans la lumière que diffuse le grand écran, que deux points lumineux. Luka, la peau d'ébène de son visage dégoulinante de sueur, passe ses doigts écartés dans ses cheveux crépus coupés courts, parsemés de gris, et s'étonne encore, l'espace d'un instant, de la passivité de son compagnon.

Ça y est, la communication est établie !

Sur l'écran, le visage rond de Sakari/A29LPWW[Capitaine] est livide. Le sourire constant qui l'éclairait, même dans les moments les plus difficiles où il lui fallait faire acte d'autorité, s'est évanoui. Ses cheveux noirs sont collés sur son crâne, ses pommettes saillantes sont baignées de sueur, et sa respiration est haletante. Elle confirme à Luka et Ptahi, par phrases saccadées, que l'alimentation électrique est coupée, ainsi que toutes les communications électriques entre les deux modules. Pour économiser les batteries de secours, elle a réduit la réfrigération du module et la température est déjà celle d'un sauna. Quelle ironie pour une capitaine dont les ancêtres Inuits vivaient dans des igloos !

Elle déclare à Luka qu'elle lui transmet ses toutes dernières instructions. Dans quelques minutes, le courant électrique va faire défaut dans le Module B. Elle, Sakari, va mourir. Elle veut que ses compagnons Ptahi/4PFL2IA[Esprit] et Luka/3KY5221[Navigateur] puissent retourner vers la Terre. Il leur faut un CyberCerveau.

Elle ordonne que Ada/E1M5JU2[CyBrain], dont les Unités Physiques localisées dans le Module B vont être détruites, se clone en téléchargeant sa mémoire et ses logiciels dans les Unités Physiques de secours situées dans le Module A. Immédiatement.

Luka la voit fermer les yeux, et serrer ses poings qu'elle brandit devant la caméra.

Déjà, d'antenne à antenne, des torrents de données circulent et sont stockées dans les mémoires enfouies derrière la console du poste de pilotage.
Sur l'écran, des curseurs indiquent le niveau d'avancement.

Unité Mémoire :   28 %,
Unité Com :   83 %
Unité Intellect :   52 %
Unité Affect :   03 %

Pendant se temps, Luka, frénétiquement, désespérément, parcours des colonnes de chiffres et des pages de diagrammes à la recherche d'une solution, d'un miracle pour rétablir la connexion entre les deux modules du vaisseau.
Le visage de Sakari a disparu de l'écran.

Unité Mémoire :   73 %
Unité Com :   100 %
Unité Intellect :   89 %
Unité Affect :   08 %

Ca y est, le Noyau de Calcul résidant dans la console de la cabine de pilotage a pris contact avec l'Unité de Communication du CyberCerveau, fraîchement téléchargée depuis ce qui reste du Module B, et la présence de Ada/E1M5JU2[CyBrain] se fait sentir.
Un voix mate, neutre, au timbre un peu mécanique annonce que d'ores et déjà, une partie substantielle des capacités de Ada/E1M5JU2[CyBrain] est disponible.
Déjà, le premier diagnostic tombe :

Probabilité de sauvetage du Module B = 2,1%, et décroissant rapidement.

Et le téléchargement de Ada du Module B vers le Module A se poursuit encore, tant bien que mal, mais le taux de transfert se réduit significativement. De toute évidence, la liaison se dégrade, le transmetteur radio est moribond, et les automates de rattrapage d'erreurs peinent à retrouver un signal correct.
Mais soudain, la liste des fichiers s'arrête de défiler sur l'écran : Le Module B ne répond plus.
On peut lire les chiffres, soudains figés :

Unité Mémoire :	91 %
Unité Com :	100 %
Unité Intellect :	100 %
Unité Affect :	13 %

L'émetteur du Module B s'est tu, définitivement.
Ptahi/4PFL2IA[Esprit] n'a pas bougé.
Luka/3KY5221[Navigateur], se penche vers le micro, et c'est d'une voix blanche, la gorge nouée, qu'il annonce à la Terre que le Module A de la mission Nabû va quitter Mercure. Dès que sa rotation autour de la Planète le placera dans une position favorable pour que les moteurs ioniques poussés à plein régime puissent le placer sur une trajectoire qui coupe celle de la Terre, au bon moment pour un rendez-vous.
Déjà, Ada/E1M5JU2[CyBrain] a déterminé le moment du départ.

Trente-trois minutes plus tard, les boulons explosifs désolidarisent les deux Modules, et les propulseurs se mettent en marche.
C'est avec surprise que les deux occupants de ce qui reste de Nabû retrouvent la pesanteur que l'accélération du vaisseau leur impose soudain.

Ptahi/4PFL2IA[Esprit], enfin, ouvre grand ses yeux verts, se retourne vers Luka, et d'une voix lente, avec son timbre nasillard, déclare qu'il est désolé de ce qui vient de se passer.

Luka, qui est affalé dans son siège, la tête rejetée en arrière, prend conscience d'une immense fatigue, et se demande si Ptahi était, tout au long de l'épreuve, indifférent et froid, ou au contraire tellement ému qu'il a dû se replier sur lui-même. Luka se dit qu'il ne saura jamais, et que, décidément, il a bien du mal à comprendre les Esprits.

La mission Nabû est un désastre. Les robots au sol, disséminés sur la surface aride de Caloris Planitia, sont perdus, leurs générateurs bientôt épuisés, sans plus aucune possibilité de regagner le Module B qui aurait du les accueillir, et dont tous les équipements électroniques sont détruits.

Dans la grande salle du module perdu, encore sanglé dans son fauteuil en face de ce qui reste de la caméra, le cadavre de Sakari/A29LPWW[Capitaine], dont les chairs boursoufflées sont en train de rôtir, regarde le plafond.

La voix synthétique de Ada/E1M5JU2[CyBrain], étrangement froide et neutre, annonce maintenant que le Module B, déjà distant de 42 km, a vu son orbite modifiée par les explosifs qui l'ont séparé du Module A, et que le ralentissement provoqué l'a placé sur une trajectoire qui va le précipiter sur Mercure. Dans quelques dizaines de minutes, il percutera le sol rocheux et brûlant de la planète et il n'en restera que des débris fondus.

Mission Nabû, orbite basse autour de Mercure
Le mercredi 13 mars 2058, à 06h05 UTC

La phase d'accélération est terminée, et Nabû, ce qu'il en reste, est maintenant sur une trajectoire qui va lui faire rencontrer la Terre et ses satellites dans un peu plus de deux mois, le 20 mai 2058.

Luka, effondré par ce qu'il vient de subir, décide de dresser l'inventaire de ce qu'il lui faut faire, de s'activer, de secouer la chape de peine et d'émotion et de s'oublier dans l'action.

Il doit s'alimenter, essayer de dormir, et faire appel, si besoin est, à une aide chimique que va lui prodiguer le CyberCerveau, qui sait puiser pertinemment dans la pharmacopée du vaisseau.

Mais il se sent si petit, si démuni, si las.

Sans Sakari/A29LPWW[Capitaine]…

Luka, qui ne la connaissait guère avant le lancement de la mission Nabû, avait appris à respecter et à estimer la petite femme volontaire et énergique, au visage lisse et à la petite voix, qui a été son capitaine. Il ne réalise toutefois pas encore pleinement qu'il ne la verra plus, comme si le traumatisme de l'accident avait anesthésié pour un temps sa sensibilité. Il savait si peu d'elle. Elle qui parlait peu, et dont les phrases posées semblaient sortir d'un manuel, tant elles étaient concises, mesurées et concrètes.

Elle va disparaître dans un petit cratère d'impact, au milieu d'un champ d'autres cratères qui grêlent Mercure à perte de vue.

Luka/3KY5221[Navigateur], se demande comment il vivra ces deux mois, seul avec son coéquipier Esprit qui, pour le moment du moins, semble s'être cloîtré dans un mutisme et une apparente indifférence.

Luka connait pourtant bien les Esprits, et ce depuis leur résurrection. Il était l'un des quatre équipiers du fameux vaisseau Erendiz. Il était là, aussi, sur la station Lagrange 5, lorsque les premiers Esprits recréés ont éclos. Il a d'ailleurs été choisi par un des nouveaux-nés, Shôôm/MI568EN[Esprit], qui le considère depuis comme une espèce de père et de confident.

Mais Shôôm, intense, drôle et revendicatrice, est bien différente de Ptahi, qui, assis dans son coin, immobile face à la console du Module A, s'est retiré dans un mutisme étrange. Le désastre du Module B l'aurait-il si profondément traumatisé ?

Luka/3KY5221[Navigateur] se sent très seul.

51

Il pense à Foy, son amie, sa confidente, sa compagne officielle depuis le retour d'Erendiz il y a si longtemps déjà. De tout ce qu'ils ont vécu ensemble. De l'enfant qu'ils n'ont pas eu, et de la brouille stupide qui l'a poussé, sur un coup de tête, à accepter cette mission vers Mercure, comme un moyen de fuir loin d'elle. Elle doit être quelque part sur Terre, à veiller sur Gôô, son protégé, l'aîné des Esprits. Peut-être pense-t-elle de temps en temps à lui, Luka, maintenant si désespéré.

Il ne peut attendre aucune aide psychologique du CyberCerveau Ada dont le Module Affect n'a pas pu être téléchargé à temps depuis le Module B.

Ainsi Ada/E1M5JU2[CyBrain], incomplet, n'est maintenant plus qu'une machine froide et objective, sans plus d'humour, de motivation, d'émotions. Sèche. Glacée. Comme l'étaient, il y a encore une cinquantaine d'années, les ordinateurs de l'époque. Des surdoués sans aucune personnalité.

L'impression de dialoguer avec un automate est insolite, car depuis longtemps, les hommes se sont habitués à considérer leurs créatures électroniques comme de vrais compagnons. Des compagnons à l'intellect brillant, des compagnons que l'on fabrique, que l'on perfectionne, que l'un transfert, comme des fantômes immatériels, d'une Unité Physique obsolète à une autre plus moderne. Sans qu'ils ne perdent leur identité, comme une conscience que l'on déménagerait d'un corps dans un autre, dans lequel ils pourraient se réincarner.

Comme l'a été Dan/QR503AV[CyBrain], le CyberCerveau d'Erendiz, qui après plusieurs changements de hardware, est resté, après tout ce temps, un complice fidèle de Foy, là-bas sur Terre.

Luka, la tête entre les mains, frissonnant, essaie de faire le vide dans son esprit.

Les deux moteurs ioniques ont été allumés par Ada, le CyberCerveau lobotomisé, et la pesanteur retrouvée colle l'Esprit et l'humain dans leur sièges.

Luka/3KY5221[Navigateur] se dit que ces soixante-huit jours de voyage vont lui paraître longs, longs…

www.lesesprits.fr/13mars2058

Banquise

ᒥᒪᑯᕐᐅᕼ ᑐᐃ ᏻᒲ ᐱᐱ
ᑊᐁᑊ ᒪᕒᕒ ᕐ

L'image de la Lune
est moins trouble que son reflet dans l'eau.

Encyclopédie de l'Astéroïde / Article n° 063P

Europe[7], 2,2 km au nord du Cratère Elathan
Le jeudi 21 mars 2058, à 11h28 UTC

Le JLV n°3 s'est avancé lentement sur l'immense banquise qui recouvre tout le satellite d'une épaisse couche de glace dure comme du granite, tellement froide que les grosses chenilles de titane ne glissent pas.

Rien jusqu'à l'horizon, ni montagnes, ni collines, rien que la glace plate, grise et irrégulière, fendue par endroit de longues fissures colmatées par de la glace plus claire, plus fraîche, remontée des profondeurs.

Ils ont éteint les phares du Jupiter Land Vehicle n°3 et interrompu leur progression, là, au milieu de nulle part.

Bien que la coque soit totalement opaque, et lourdement blindée pour soustraire les occupants à l'intense bombardement de rayonnements ionisants qui arrosent en permanence le paysage lunaire, le visionneur holographique HVD-05 de toute dernière génération qui équipe le JLV leur donne l'illusion, très réaliste, d'être juste en-dessous du ciel immense.

---

[7] Colonisation de Jupiter : voir l'article de Wikicycla, page 189

Les deux occupants du véhicule, Hsin/27KTPB2[Pilote], sec et tonique, les mains toujours en mouvement, et Chang/ P7J3N5P[Logisticien], rond et placide, attendent que leurs yeux s'habituent à la lumière crépusculaire, recréée à l'identique par le visionneur. Ils s'octroient un moment, juste pour goûter le spectacle, contempler le panorama étrange.

Un paysage désolé et glacé, dont chaque aspérité, chaque irrégularité possède deux ombres. A droite du véhicule qui chemine vers le nord, l'ombre nette, découpée mais ténue, projetée par le soleil minuscule qui brille juste au-dessus de l'horizon Ouest. A gauche, l'ombre large et floue, empâtée, projetée par le disque immense de Jupiter, suspendu sur l'horizon Est. Au-dessus, un ciel noir d'encre semé d'étoiles.

Après un instant presque mystique, ils reprennent leur route, rallument les phares du JLV n°3 qui jettent comme une longue trainée blanche devant eux, dans un scintillement de glace.

Ils ont quitté il y a quelques instants seulement le grand dôme pressurisé de la station Elathan, assise comme un demie pastèque à côté du cratère du même nom, par 31° 54' de latitude Sud et 79° 48' de longitude Ouest.

Maintenant, dans la cabine confortablement suspendue pour amortir les cahots du terrain inégal, la conversation reprend. Hsin/ 27KTPB2[Pilote], qui a confié la conduite du JLV à l'autopilote, s'échauffe à nouveau, et c'est en gesticulant qu'il explique à Chang/ P7J3N5P[Logisticien], placidement calé dans son siège baquet à côté de lui, que les résolutions prises par le Conseil des Nations quelques jours auparavant sont, vraiment, vraiment, de très mauvaises choses ! Pourquoi donc ASIA a-t-il si facilement ratifié la proposition des Esprits, si manifestement instrumentalisés par NATO ? Pourquoi leur demande-t-on, à eux, obscurs expatriés sur les bases d'ASIA, ici, sur Europe, si loin de leur Yunnan natal, de prolonger leur exil loin de leurs chers aimés ? Lui, Hsin, 43 ans, a souscrit un CMDD de six ans avec Chih-Nii/EZN358H[Programmeuse], qui l'attend dans leur maison à Lijiang. Le Contrat de Mariage à Durée Déterminée prend fin dans 19 mois, il aurait du rentrer avant l'échéance, par vaisseau rapide, comme cela était prévu, mais là, là, que va-t-il se passer ? Avec tous ces changements, il ne sera pas de retour à temps ! Voudra-t-elle renouveler le CMDD ? Il en doute, il en doute fort, Hsin ! C'est bien beau, le sexe virtuel, les holoprojections, mais avec un délai de communication de cinquante minutes, ça ressemble à quoi ?

Et, subitement saisi par une avalanche de souvenirs, Hsin se tait, si soudainement que Chang, alarmé, lui jette un regard oblique pour vérifier que tout va bien.

Car Hsin est loin, là. Il se remémore le visage de sa bien-aimée, son odeur, le grain de sa peau, la courbe douce de son dos nu dans la pénombre, sa chevelure noire et lustrée. Ses pupilles sombres dans la fente mutine de ses yeux bridés mi-clos.

Il se souvient des excursions dans les collines, autour de Lijiang. Du levé de soleil sur les terrasses millénaires des rizières qui escaladent les pentes. Du cliquetis mou des robots, qui, dressés sur leurs longues pattes arachnéennes, enjambent les murets des terrasses et barbotent dans la vase en repiquant les jeunes pousses, une à une, à une vitesse folle.

Tout avait si bien commencé. Il se souvient du sourire encourageant de Chih-Nii lorsqu'il lui avait annoncé la promotion qui lui était proposée, ce voyage prometteur vers Jupiter. Il était fier et elle était fière de lui. Elle portait, ce soir-là, comme il lui avait demandé, la tenue traditionnelle qu'il aimait bien, et elle s'était prêtée à sa fantaisie de bonne grâce.

Ils pourront correspondre par holoprojection, lui a-t-il dit, c'est fun, il emportera l'écharpe de soie qu'elle lui a offert, et lorsqu'il sera de retour il aura une excellente place d'expert aux chantiers de Yangjiang.

Ils ont signé le CMDD juste avant son départ.

Mais depuis elle lui a tant manqué, il lui a tant manqué, et leur attachement, petit à petit, inexorablement, s'effiloche.

De frustration, de colère, Hsin/27KTPB2[Pilote], les poings serrés, dit soudain tout haut ce vers quoi ses pensées le mènent : il est en train de perdre Chih-Nii.

Et il se remet à pester, à fulminer, et Chang, les yeux mi-clos, fait mine d'écouter la litanie qu'il a déjà tant entendue, depuis que, il y a maintenant neuf jours, la nouvelle est tombée : il va falloir réorganiser complètement les installations sur Europe, mettre en commun les ressources des bases de NATO, ASIA et UNAFRI pour accueillir une cargaison de métaux précieux provenant d'un astéroïde sorti de nulle part.

C'est bien plus facile à dire qu'à faire, et les représentants du Conseil des Nations, bien à l'abri sur la Terre, ont beau jeu de décider de leurs destinées, à eux pauvres travailleurs ! Et les Esprits ! Ces nouveaux venus étranges, ces petits dragons qui ne sont jamais encore venus sur les lunes de Jupiter, on va bien voir comment ils s'accommoderont des difficultés de la vie sur ces fichus satellites déshérités !

Hsin poursuit ses jérémiades, d'une voix rauque, en parlant très vite, en Naxi, sa langue régionale, comme si éviter de s'exprimer en Mandarin empêchait les micros omniprésents d'enregistrer les doléances du pilote.

Tandis qu'inlassablement, Hsin/27KTPB2[Pilote] se lamente, et que Chang/P7J3N5P[Logisticien] somnole en marmonnant de temps en temps ce qui pourrait passer pour un assentiment, le Jupiter Land Vehicle n°3 poursuit sa route sur l'immense banquise. Le crissement des chenilles de titane sur la glace, transmis par le métal du châssis, fait comme un bruit de fond que couvre à peine la chanson complètement démodée que Chang a demandé à l'automate du véhicule. Il tapote du pied pour marquer la cadence saccadée de la rengaine qui a déjà presque un demi siècle. "Xiao Pingguo" est une de ses chansons préférées…

A l'arrière du JLV n°3, la grande bobine de câble optique se déroule au fur et à mesure de l'avancée du véhicule, déposant sur la glace la mince gaine ultra-résistante en nanotubes de carbone, et son âme de fibre optique. De temps en temps Chang allume les phares et la caméra arrière, et suit du regard le fin cheveux qui parait si fragile, et qui pourtant, malgré son diamètre de 16/10 de millimètre seulement, peut supporter sans dommage une traction bien supérieure à une tonne. Il est bien sûr indispensable que la liaison qu'ils sont chargés d'établir entre les deux bases distantes de 160 km soit suffisamment robuste pour résister au passage des engins à chenilles, et aux mouvements du sol glacé qui de temps en temps se fissure, s'écarte, tremble.

Aussi une précaution supplémentaire est prise pour éviter tout risque d'arrachement : le dévideur électrique empêche le câble de se tendre en déroulant une longueur supérieure de 5% à que ce que réclame la distance réelle parcourue.

Dans quelques heures, au terme de leur voyage, quand le Jupiter Land Vehicle n°3 aura atteint le Cratère Camulus, par 26°30' de latitude Sud et 81°6' de longitude Ouest, et que Hsin/ 27KTPB2[Pilote] aura fini par se taire, ils seront contents de trouver l'abri rassurant du grand dôme de la station d'UNAFRI.

Ils auront rempli leur mission du jour. Les CyberCerveaux des bases Elathan/ASIA et Camulus/UNAFRI pourront s'interconnecter directement. Leurs interfaces physiques sont censés être compatibles, et répondre aux normes ISO mondiales mises en place depuis des décennies. Reste toutefois à espérer que leurs Modules Affect sauront s'accorder.

Europe, aux abords du Cratère Camulus
Le jeudi 21 mars 2058, à 23h32 UTC

Chang/P7J3N5P[Logisticien] a éteint les phares du grand véhicule à chenilles qui parcourt les dernières centaines de mètres avant sa destination.

Le panorama est féérique. Jupiter est toujours là, au-dessus de l'horizon Est, immuable car Europe montre toujours la même face à la grande planète. Une ombre immense a maintenant mangé son bord droit. De l'autre côté, le petit Soleil sans chaleur s'est couché depuis longtemps.

Devant eux, l'immense coupole de la station est assise sur un anneau de pilotis ancrés sur la glace. Elle est baignée de la lumière crue des projecteurs qui se sont allumés dès que les capteurs longue portée ont détecté l'approche du véhicule. Sur sa surface ressortent les côtes noires de sa charpente en titane et des arceaux supraconducteurs qui cerclent la station et la protègent des intenses rayonnements de la magnétosphère de Jupiter. Un peu plus loin, les grandes antennes paraboliques regardent vers un point invisible dans le ciel parsemé d'étoiles.

Au bout du plan incliné qui mène au grand sas pressurisable, une porte coulisse, comme une gueule qui s'ouvre. Le JLV n°3 s'y engage. Des robots télémanipulateurs s'activent autour du véhicule, grimpent sur les chenilles, déverrouillent et déposent la bobine de fibre optique et la laissent en-dehors du sas. La grande porte se ferme silencieusement derrière eux, et bientôt, avec la pression qui s'établit, l'air chaud qui se précipite chuinte et siffle.

Avant que les voyants ne passent au vert, et malgré la ventilation énergique, le sas est envahit d'un épais brouillard du à la condensation du peu de vapeur d'eau que contient l'air exhalé par les évents. Les chenilles et la coque du véhicule, encore à près de -150°C, se couvrent instantanément de givre.

Hsin/27KTPB2[Pilote] et Chang/P7J3N5P[Logisticien] se regardent longuement, et leur appréhension est maintenant presque palpable. Puis tous deux hochent la tête et se préparent à sortir, enfilent les gants isolants et la combinaison isotherme. Il ne faudrait pas qu'ils posent malencontreusement la main sur le capot du JLV encore froid, ils y resteraient cruellement collés.

Quelques minutes s'écoulent encore, pendant que la température s'égalise doucement, et que le givre sur le Jupiter Land Vehicle n°3 se transforme en rosée.

Enfin, tandis que les bouches d'aération avalent les derniers lambeaux du brouillard qui a un instant environné le véhicule, Hsin pianote sur le tableau de bord en face de lui, et le toit coulisse avec un petit grincement.

Les deux représentant d'ASIA qui en émergent voient s'ouvrir le côté du sas opposé à l'entrée qu'ils ont empruntée. Derrière, une coursive vide, éclairée par la lumière diffuse du plafond.

Puis des voix, de l'agitation, des portes qui coulissent. Les voici au pied du JLV, engoncés dans leurs combinaisons isothermes dans lesquelles ils commencent à transpirer, dans l'air maintenant tiède du sas.

Des silhouettes s'avancent.

Devant, d'une démarche souple de danseuse, qu'accentue la faible gravité sur Europe, une femme élégante à la peau très noire, qui sourit, s'avance vers eux. Elle est grande, mince, élancée, vêtue à l'ancienne, d'une veste immaculée très courte aux boutons dorés et au large col, qui laisse voir son ventre brun, d'un pantalon blanc moulant qui semble juste posé sur ses hanches, et de bottines noires.

Elle s'approche, très près. Très près. Hsin et Chang ne la quittent pas des yeux. Chang se surprend à se demander comment la grande boule de cheveux crépus de l'étrangère peut prendre place dans un casque spatial. Puis son regard reste rivé sur le visage d'ébène, les yeux en amandes, d'un noir liquide, les dents très blanches que dévoile le rayonnant sourire.

Puis, dans un Mandarin impeccable, avec un accent étranger chantant, en ponctuant ses paroles avec des mouvements de ses longues mains fines comme des hirondelles, Fatou/ 2OD1THU[Médiatrice] souhaite aux deux asiatiques qu'elle surplombe d'une bonne tête la bienvenue à la base Camulus.

Europe, Base Camulus/UNAFRI, le vendredi 22 mars 2058, à 09h18 UTC

La petite salle de réunion de la Base Camulus est comble. Les douze résidents de la base, tous originaires de l'Afrique subsaharienne, assis sur les chaises, sur les tables, et même perchés sur le rebord de la console de pilotage, sont attroupés autour des deux chinois. Une bonne odeur de café d'Ethiopie flotte autour des visiteurs qui ne savent plus à quel sourire répondre.

Ils ont été chaleureusement accueillis et ont pu se reposer.

Autour d'eux, des visages qu'ils n'ont vu jusqu'alors qu'en holoprojections, lors des réunions virtuelles qui se sont succédées à un rythme effréné depuis une semaine, pour tenter de s'accorder sur la mise en commun des moyens et la coordination des équipes de NATO, ASIA et UNAFRI installées sur Europe.

Car il leur faut coopérer, et c'est une nouveauté pour eux.

Jusqu'alors, les grandes puissances, et principalement NATO et ASIA, en compétition économique, séparées par le Rideau de Titane depuis la fin des années trente, n'étaient plus guère en contact direct. Presque toutes les interactions passent par l'intermédiaire des institutions du Conseil des Nations, et par les obligations qui en découlent, qui garantissent le maintien de la paix. Tous respectent bien sûr scrupuleusement le Free Information Act et le One Billion Act, ou du moins, s'il ne le font pas entièrement, les très puissants mécanismes automatiques de contrôle et d'investigation garantis par le Conseil des Nations ne parviennent pas à le détecter.

Mais lors de la dernière séance plénière du 12 mars à Hong Kong, le Conseil des Nations a pris la décision d'établir sur Europe une plateforme internationale pouvant accueillir la moisson de minerais que la mission programmée vers Shiva devrait rapporter. Les bases de NATO, UNAFRI et ASIA sur Europe ont ainsi été appelées à se coordonner et s'interconnecter.

Depuis la fin de la Guerre Globale et le retour à la paix en 2033, le grand réseau GlobalNet permet à tous les habitants du système solaire d'échanger de l'information, des images 2D et 3D, des textes, et de puiser des séances d'holocinéma dans l'immense base de données gratuite. Mais la jeune génération, ceux qui n'ont pas connu le monde d'avant-guerre, ses brassages de populations et ses migrations, ne connait en général l'étranger que de manière virtuelle.

Même si une bonne holoprojection est d'un réalisme confondant, la vraie rencontre, celle qui permet de toucher vraiment l'autre, du bout des doigts, est, tant pour les deux visiteurs d'ASIA que pour leurs hôtes d'UNAFRI, une expérience nouvelle.

Là, maintenant, à près de neuf cent millions de kilomètres de chez eux, dans une bulle de civilisation posée sur la surface glacée d'un monde hostile, Chang et Hsin sont entourés de femmes et d'hommes si différents, si semblables aussi, et si bienveillants que leurs repères vacillent.

Un silence. Chang se secoue de sa rêverie et lève les yeux. Il prend conscience de tous les regards braqués sur lui. Amusés sans moquerie, incisifs sans hostilité. On lui a posé une question. Il ne l'a pas entendue. Un homme jeune au crâne rasé et aux lèvres épaisses, impeccablement vêtu d'une combinaison couleur sable sans insignes, qui doit probablement être le coordinateur de la station, demande à nouveau à Chang si le Jupiter Land Vehicle n°3 d'ASIA dispose encore de suffisamment d'énergie et de câble optique pour assurer la liaison avec la Base Angus de NATO, située 412 kilomètres plus au Nord.

Non, bien sûr… Chang se retient de répondre trop vite à son interlocuteur que celui-ci aurait du assister aux réunions virtuelles préparatoires, ou au moins lire le rapport. Bien sûr que même s'il restait suffisamment de câble optique, ce ne serait pas possible d'interconnecter les CyberCerveaux d'UNAFRI sur Camulus et de NATO sur Angus par ce moyen, voyons ! Sur une telle distance les pertes dans le câble seraient bien trop importantes pour qu'une transmission soit possible !

Chang, après une courte pose, répond poliment que dans ce cas, seule la mise en place de trois satellites artificiels, qui pourraient du même coup desservir l'autre base d'UNAFRI située de l'autre côté d'Europe, ainsi que les deux bases de NATO, serait une solution praticable, et d'ailleurs, c'est bien ce qui est prévu. Il s'abstient d'ajouter que c'est d'ailleurs ce que conclut le rapport UNAFRI-ASIA/Europe #HT012. Lorsque l'Autolinguo a fini de susurrer dans son oreillette la traduction de ce que Chang vient de lui dire en Mandarin, le coordinateur, nullement démonté, hoche la tête et demande pourquoi il n'en a pas été informé. Chang part d'un petit rire nerveux, que l'Autolinguo ne sait pas traduire.

Son regard passe à Hsin, assis à côté de lui, pour quémander de l'aide, mais ce dernier a le regard dans le vide. Plus exactement, remarque Chang, Hsin à le regard rivé sur la jeune femme sculpturale qui les a accueillis la veille, et qui est discrètement assise, un peu en retrait, de l'autre côté de la petite salle.

Fatou/2OD1THU[Médiatrice].

Qu'elle est belle, qu'elle est étrange…

En orbite

Vaisseau Zeus, orbite basse autour d'Europe
Le lundi 25 mars 2058, à 14h33 UTC

Le vaisseau, à 520 km au-dessus de la surface glacée, parcourt une trajectoire inclinée d'environ 30° sur l'équateur du satellite, en un peu moins de trois heures.

Dans la cabine de pilotage, Fergus/PMMB2ED[Pilote], confortablement sanglé dans son fauteuil capitonné, lit les messages qui défilent sur la section gauche de l'écran plat devant lui. Sa main caresse nonchalamment la cuisse gainée de noir de þórdís/AZ29BTF[Medic] qui elle aussi, sur la section droite du même écran, lit des informations qui s'affichent.

La main de Fergus s'interrompt soudain, et le regard de la femme blonde se porte sur lui, puis sur les lignes de texte en surbrillance qu'il fixe sur l'écran.

Du nouveau.

Les bases au sol qui sont suffisamment proches les unes des autres sont maintenant interconnectées par fibre optique, et leurs CyberCerveaux devraient être en mesure dès à présent de mettre massivement en commun leurs données.

Tout devrait se passer selon les instructions transmises depuis la Terre, mais d'après le rapport NATO/Technical/#FW67851 que Fergus vient de recevoir, quelques soucis imprévus sont en train de surgir.

Des soucis graves.

En effet l'interfaçage entre le CyberCerveau de la base Camulus/UNAFRI et celui de la base Elathan/ASIA, que relie maintenant un câble optique posé sur la banquise, n'a pu être réalisé. Tout s'est pourtant bien passé, les transmetteurs optiques ont bien échangé des données, avec un taux d'erreur infime, et tous les algorithmes de codage/décodage ont fonctionné, jusqu'à ce que les CyberCerveaux eux-mêmes ont été mis en contact. Mais ils ont tous deux, instantanément, refusé de coopérer.

Les experts sur Terre se penchent en ce moment sur le problème, mais le long délai de transmission, qui est presque de deux heures aller-retour, ne facilite pas leur travail.

Ce qui rend perplexes les humains, les CyberCerveaux et les Esprits sur Terre qui étudient la question, c'est que le même problème est survenu quelques instants plus tard lors de la tentative de raccordement par câble optique des bases Conamara/UNAFRI et Asterius/NATO, situées non loin l'une de l'autre, de l'autre côté d'Europe : les CyberCerveaux ont tout simplement refusé de dialoguer. Le problème ne s'est jamais posé jusqu'alors, lors de la liaison entre deux CyberCerveaux appartenant tous deux à NATO, ASIA ou UNAFRI.

On a d'abord soupçonné une incompatibilité, une irrégularité dans les protocoles d'échange, qui pourtant sont régis par les normes ISO mondiales, qui doivent assurer la transparence entre tous les systèmes de traitement de données, où qu'ils se trouvent dans le Système Solaire.

A la question de savoir pourquoi ils refusent le dialogue, les CyberCerveaux incriminés répondent énigmatiquement qu'ils "ne connaissent pas l'individu" avec qui on leur propose une connexion.

C'est lorsqu'enfin les techniciens ont bien voulu suivre la recommandation du doyen des Esprits, basé sur Terre, Gôô/56F82U3[Esprit], que la cause du problème a été identifiée. Gôô a recommandé de déconnecter l'Unité Affect d'un au moins des deux CyberCerveaux en conflit.

Après beaucoup de réticence, car cette opération sur un CyberCerveau doté d'un Personal ID est assimilable à une amputation, le Comité de Pilotage localisé sur Terre a ordonné le retrait de l'Unité Affect du CyberCerveau de la base Elathan/ASIA.

Immédiatement celui de Camulus/UNAFRI a pris la main, et a entrepris de transférer les données de son homologue vers ses propres mémoires.

Il a fallu un peu plus de cinquante minutes aux signaux pour atteindre la Terre et aux observateurs pour prendre connaissance du résultat. La prise de pouvoir du CyberCerveau d'UNAFRI, Negus/81PFI2N[CyBrain] sur celui d'ASIA, LaoTseu/CPNH1PA[CyBrain] est instantanément devenue un problème diplomatique préoccupant.

Soixante-quinze minutes seulement après le retrait de l'Unité Affect de LaoTseu, le Comité Scientifique du Conseil des Nations est convoqué à une session extraordinaire en holoconférence, et les débats font déjà rage.

Comment a-t-on osé priver le CyberCerveau LaoTseu de son libre arbitre, de sa conscience, et le ravaler au rang de simple ordinateur ? De quel droit ? Et pourquoi lui, et pas celui d'UNAFRI ?

Bien sûr, le Comité de Pilotage se défend en arguant que le choix entre les deux a été fait par tirage au sort.

Mais les passions ne se calment pas pour autant, car le problème sous-jacent commence à être perçu : l'interconnexion nécessaire des bases d'ASIA, UNAFRI et NATO, pour pouvoir ensemble préparer la mise en place de la plateforme de traitement, de stockage et de gestion des minerais provenant de Shiva, va être rendue très difficile si les CyberCerveaux ne collaborent pas.

Car la coopération internationale sur Europe ne saurait se cantonner à des échanges diplomatiques mais doit être technique, et sans une mise en commun des bases de données, rien ne sera possible.

Dans la cabine de pilotage de Zeus, Fergus/PMMB2ED[Pilote] et þórdís/AZ29BTF[Medic] suivent avidement les informations que leur délivre la console, au fur et à mesure que, avec cinquante minutes de retard, leur propre CyberCerveau les reçoit. Le reste de l'équipage est maintenant rassemblé derrière eux, et les remarques fusent, les rires nerveux, les soupirs de frustration.

þórdís propose que ce soit le CyberCerveau de Zeus, en orbite, qui fédère et pilote ses homologues sur Europe, mais le brouhaha de ses coéquipiers la dissuade de faire cette proposition au Comité de Pilotage.

Depuis la Terre, une experte renommée, Foy/Z2W42UP[Psy], qui est également célèbre pour avoir été la psy de la mission Erendiz, avance une hypothèse qui provoque une sorte de stupeur parmi les membres du Comité Scientifique du Conseil des Nations ainsi que ceux du Comité de Pilotage, et de tous ceux qui un peu partout, suivent les débats.

Foy avance que les CyberCerveaux sont profondément xénophobes. Oui, xénophobes !

Leur Unité Affect, qui a été programmée par des humains appartenant à une culture particulière, calque leur psychisme sur celui de leurs créateurs, et en accentuant les traits. Particulièrement, les notions d'identité de l'autre, d'appartenance et de similitude se manifestent de manière forte chez les CyberCerveaux. Ceux-ci, lorsqu'il s'agit de la pure logique, telle que la traite leur Unité Intellect, n'ont aucun mal à échanger, car cette composante est détachée de tout contenu culturel. Par contre leur Unité Affect est fortement imprégnée des codes, des valeurs, des croyances de ceux qui les ont programmés.

Contrairement au humains et aux Esprits qui sont, au moins virtuellement, en contact fréquent avec des étrangers, les CyberCerveaux n'ont pas, par fonction et par vocation, à interagir avec leurs homologues d'autres cultures.

Il faut admettre, avance Foy devant son assistance éberluée, que ceux d'ASIA et d'UNAFRI se sont trouvés "face à face" et ont eu une réaction qu'on pourrait qualifier de raciste.

Les réactions fusent, et bien sûr les responsables des CyberCerveaux incriminés s'indignent, mais peu à peu, l'idée fait son chemin. Les CyberCerveaux sont xénophobes.

Comment résoudre ce problème ? Il est évidemment exclu de reprogrammer quoi que ce soit dans les Unité Affect de ceux qui vont avoir à interagir. Le temps manque, et le risque est important. Il faudrait plusieurs années pour cela et l'appliquer à tous les CyberCerveaux en fonction.

Vaisseau Zeus, orbite basse autour d'Europe
Le lundi 25 mars 2058, à 23h58 UTC

Ils sont tous encore là, dans la cabine de pilotage, à discuter du grave problème de coordination des bases installées sur Europe. Les échanges, rendus fastidieux par le long délai de transfert depuis la Terre, se sont toutefois poursuivis sans relâche entre les interlocuteurs sur Terre d'une part, sur Europe d'autre part.
Ici, sur Zeus, l'équipage rassemblé à fait circuler des repas, des poches souples de vin qu'on peut téter en apesanteur, et les bavardages informels ont fini par dévier vers des sujets moins sérieux.
Mais entre les grandes stations spatiales et la Terre, les propositions se sont succédées, des plus sages aux plus cocasses. Il s'en dégage qu'il n'est pas possible, à long terme, d'accepter qu'un des CyberCerveaux sur Europe, appartenant à l'une des entités politiques rivales, prenne le contrôle sur les autres, unilatéralement. C'est diplomatiquement impossible, et techniquement risqué.
Tout au plus serait-il acceptable qu'à titre provisoire, le CyberCerveau d'un des non-alignés assure la coordination entre tous les autres, qu'on aurait privé de leur Unité Affect. Oui, mais, que faire après ? Lorsque les minerais de Shiva seront là, les enjeux vont grimper, il s'agira de la gestion de richesses immenses qui peuvent avoir un impact déterminant sur l'économie du Système Solaire tout entier.

Fergus/PMMB2ED[Pilote] fait remarquer que même dans cette phase provisoire qui pourrait être envisagée, un problème majeur se posera : l'interconnexion entre les bases sur Europe qui ne peuvent pas, étant trop éloignées, être connectées par câble optique devra se faire par des liaisons spatiales. Celles-ci seront relayées par les modules satellites mis en orbite par Zeus et par Zeus lui-même. Le CyberCerveau du vaisseau sera donc nécessairement impliqué ! Il est hors de question, assène Fergus, qu'on le prive de son Module Affect, sans entraver gravement la bonne marche de sa mission.

Fergus reprend alors à son compte la proposition de þórdís et déclare qu'il est tout indiqué que ce soit le CyberCerveau de Zeus qui, au moins provisoirement, assure la coordination et conserve son Unité Affect.

Après, dit-il, il faudrait penser à un CyberCerveau neutre, sans allégeance à aucune puissance politique.
Mais comment cela est-il possible ?

Chantier

ᒍ ᒍᑊ ᐅᐊᓘ ᐱᏦ
ᒫᐟᐱᐅ ᒉᒪᓈ ᖴᑐᏆᖦ

Le diplocaulus sans sa queue ne sait nager

Encyclopédie de l'Astéroïde / Article n° 221B

Station Orbitale Lagrange 4
Le samedi 30 mars 2058, à 15h12 UTC

La Salle de Simulation SS02 est en quasi apesanteur, et la maquette de montage qui flotte au milieu n'est maintenue en place que par des jets d'air soufflés de temps en temps par les buses de positionnement, dès que l'assemblage complexe se met à dériver vers une des cloisons.

C'est un travail de précision, mais il faut dire que les nouveaux modèles de robots de montage PolyRobots 7.02 sont vraiment délicats et que chaque fois qu'ils positionnent une nouvelle pièce, c'est après s'être au préalable ventousés sur l'ouvrage en cours.

Nous sommes dans une des trois grandes salles situées presque sur l'axe de rotation de Lagrange 4, là où la force centrifuge engendrée par le pivotement de l'immense station orbitale est nulle.

A cinq kilomètres seulement, dans les zones résidentielles situées sur la périphérie de la station, dans le grand anneau ininterrompu qui tourne en six minutes, le poids des habitants est d'environ le sixième de ce qu'il serait sur Terre.

Mais ici, même les objets massifs flottent, et les techniciens en charge de la préparation du nouveau vaisseau sont tous, ou bien harnachés dans leurs sièges, ou bien, s'il ont à se déplacer, assistés par un exosquelette en nanotubes de carbone et retenus par un filin.

Depuis quelques jours seulement, les crédits décidés par le Conseil des Nations ont été, enfin, pleinement débloqués et les travaux vont bon train, car la fenêtre de tir du vaisseau est fixée, impérativement, au 23 mai, dans seulement cinquante quatre jours ! Une grande horloge fluorescente, en 3D, affiche le compte à rebours, et maintient une pression psychologique constante sur les travailleurs.

Heureusement, tous les sous-ensembles de vaisseaux spatiaux sont en principe, depuis déjà une vingtaine d'années, standardisés et interopérables, grâce au considérable effort de normalisation du groupe ISO qui a su, malgré les batailles d'arrière-garde de quelques factions protectionnistes, convaincre les grandes puissances d'uniformiser leurs matériels.

Le nouveau vaisseau a été baptisé Clarke par la Commission de Standardisation des Noms, en hommage à l'écrivain Arthur C. Clarke, disparu il y a tout juste un demi siècle, et qui avait décrit dans son roman d'anticipation "Rendez-vous avec Rama" l'arrivée d'un objet céleste dont la trajectoire n'est pas sans rappeler celle des astéroïdes ramoïdes, et en particulier celle de Shiva.

Le châssis de la maquette au 1/10 qui flotte dans l'air tiède de la Salle de Simulation SR02, est déjà monté, et les PolyRobots 7.02 sont en train maintenant, avec une précision millimétrique, d'y arrimer les quatre grands moteurs ioniques et les deux puissants réacteurs nucléaires à fusion, reproduits à l'échelle 1/10 eux aussi. Un technicien, par petits coups précis de la tuyère du pack de propulsion de son exosquelette, évolue tout près de la grande carcasse qui s'étire, des moteurs jusqu'à la cabine de pilotage, sur près de sept mètres.

Il ne porte bien sûr aucune protection anti-radiations particulière, puisque le montage pour le moment ne concerne que la maquette d'essai, qui est inerte. Mais de toute façon, s'il fallait, lors de la phase suivante de réplication par les robots, intervenir sur le vaisseau réel, aucune protection autre que la tenue standard ne serait requise, car les réacteurs à fusion modernes ne brûlent ni Uranium ni Plutonium, ni aucun métal lourd, mais créent de l'Hélium en fusionnant des isotopes de l'Hydrogène, surabondants partout dans les océans et l'atmosphère de la planète Terre, ainsi d'ailleurs que sur bon nombre d'autres astres du Système Solaire.

Il restera ensuite à fixer les modules d'habitation, les conteneurs pour les équipements et ceux destinés à recevoir les minerais de Shiva, et la première phase de simulation sera achevée.

L'équipe dirigée par un vétéran des voyages spatiaux, Ugo/ MUZ1P45[Superviseur], aura alors la responsabilité de vérifier et valider cette première phase, avant que les grands robots réplicateurs ne puissent rentrer en scène et assembler, arrimé à un des grands docks extérieurs de la station, le grand vaisseau Clarke à l'échelle réelle.

Station Orbitale Lagrange 4
Le mercredi 3 avril 2058, à 19h40 UTC

Ils sont rassemblés dans le Salon B3 pour célébrer l'achèvement réussi de la première phase de simulation. Il y a, parmi les humains présents, bien sûr Youn/OMP123T[Bioticienne] et Ingrid/ IPC53ND[Cybernéticienne], deux habituées du lieu, mais aussi, arrivées la veille de la Terre, Foy/Z2W42UP[Psy] et Bee/ A96H70C[Capitaine] les deux anciennes équipières de la Mission Erendiz.

Ugo/MUZ1P45[Superviseur] est très satisfait d'accueillir ici Bee, sa compagne et la mère de sa fille, sur son lieu de travail, elle qui a coutume de l'attendre chez eux sur Terre, où il revient entre deux chantiers.

Il se sont rencontrés lorsqu'ils étaient encore étudiants en astronautique, il y a de cela bien longtemps, à l'Université de Canaveral/Floride/NATO. C'était une toute jeune femme apparemment timide, qui arborait déjà la chevelure rouge flamboyante qu'il lui a toujours connue. Ils avaient mis longtemps à vraiment sympathiser, et Ugo en était, a posteriori, amené à penser que son propre flegme n'y était pas étranger.

Ils ont cependant peu à peu appris à s'apprécier, et lorsqu'ils ont été tous deux sélectionnés pour suivre les entrainements indispensables pour des vols spatiaux de longue durée, sur la base de São Miguel/ Açores/NATO, leur complicité est devenue un vrai attachement.

Plus tard, ils se sont retrouvés, avec Foy/Z2W42UP[Psy] et Luka/ 3KY5221[Navigateur], coéquipiers du vaisseau Erendiz et ont vécu ensemble l'extraordinaire aventure de la découverte des Esprits.

Au retour il lui a proposé un Contrat de Mariage à Durée Déterminée, qu'elle a mis quelque temps à accepter. Puis ils se sont portés candidats pour une procréation. Ils étaient éligibles et le tirage au sort qui maintient la population mondiale sous le seuil du milliard d'habitants a fini par leur être favorable[8].

La vraie surprise est l'arrivée sur Lagrange 4 de Foy, que Ugo ne voit plus très souvent, et qui mène une carrière bien remplie d'experte auprès du Conseil des Nations, spécialisée dans les aspects sociaux et psychiques des Esprits.

Ugo le pudique, le réservé, est lui-même surpris de l'émotion qu'il éprouve lorsqu'il la serre dans ses bras.

L'ambiance qui règne dans le salon est un peu mystérieuse, cérémonieuse, et la lumière tamisée et la musique très douce invitent spontanément les convives à parler bas, presque à chuchoter. Il faut dire que le moment est particulier : la station toute entière est plongée, comme chaque mois, dans l'éclipse totale, et aucun reflet du Soleil sur l'immense structure, dont toutes les lumières sont tamisées, ne souille l'obscurité magique de la voûte céleste et le somptueux panorama étoilé.

---

[8] One Billion Act : voir l'article de Wikicycla, page 153

Ce n'est pas par hasard qu'Ugo a choisi ce moment précis pour inviter ses proches à fêter la réussite de la première partie de son travail de construction du nouveau vaisseau Clarke.

Il y a une vingtaine d'années les concepteurs de Lagrange 4 et Lagrange 5 ont installé les premiers éléments des deux grandes stations qui encadrent la Lune, à environ 60° de part et d'autre sur son orbite. Ils ont choisi de les placer sur une trajectoire qui reste dans le même plan que celui de l'orbite de la Terre autour du Soleil, le plan de l'écliptique, plutôt que le plan dans lequel évolue la Lune autour de la Terre, qui est incliné de 5°. Les deux immenses stations restent ainsi à peu près dans la zone de stabilité qui évite d'avoir trop souvent à corriger leurs positions, tout en pouvant, à chaque révolution, se trouver alignées avec la Terre et le Soleil.

A ce moment précis de l'alignement d'une des stations, qui survient tous les 29 jours, 12 heures et 44 minutes, elle passe toute entière dans l'ombre de la Terre.

L'éclipse, qui est totale pendant plus de deux heures, permet alors chaque mois aux équipes techniques de procéder à de nombreuses vérifications, mesures, calibrations et maintenances sans que la station ne soit, comme tout le reste du temps, arrosée par le rayonnement sans merci du Soleil.

Il est alors demandé à tous les habitants de Lagrange 4, pendant la durée de l'éclipse, de maintenir les éclairages au minimum.

Ugo, qui a le sens de la théâtralité, a choisi le moment de l'éclipse pour inviter ses amis.

Dans le Salon B3, dont la grande baie transparente est ouverte sur l'immensité, la lumière n'est prodiguée que par le clair de la Lune, un pâle premier quartier qui pointe au ras des structures de la station de l'autre côté de l'anneau, et par les lumignons disposés sur la table basse encombrée de verres.

Comme chaque fois, et malgré leurs bonnes résolutions de se mélanger, les humains se sont regroupés d'un côté, et les trois Esprits de l'autre : il y a là Humil et Shôôm, les complices habituelles des humaines Youn et Ingrid, qu'a rejoint Gôô, le vétéran des Esprits, fraîchement arrivé de la Terre avec Foy et Bee, les deux humaines de la mission Erendiz.

Les trois êtres reptiliens bavardent avec animation de leur voix nasillardes et saccadées, trop bas pour que Foy/Z2W42UP[Psy], qui suit du coin de l'oeil son ami Gôô/56F82U3[Esprit], ne puisse suivre leur conversation.

Mais Foy connait suffisamment bien son complice Esprit pour comprendre que l'échange ne concerne pas quelque point technique. La main de Gôô posée à la base de la queue de Shôôm, ainsi que sa posture particulière, ses gestes, la manière dont il cligne de ses membranes nictitantes dans la pénombre, trahissent son intérêt charnel pour les deux femelles que la lumière tamisée, l'alcool et la proximité rendent lascives.

Sans pouvoir réprimer un sourire un peu gêné, Foy détourne son regard vers le panorama immense. Le croissant de Lune a pivoté. Il est plus loin, le long de l'anneau, maintenant partiellement masqué par une des antennes.

Parmi les humains, la conversation va bon train sur la suite des opérations de construction de Clarke.

Ugo/MUZ1P45[Superviseur] explique que l'essentiel de la maquette de montage, réalisée à l'échelle 1/10, est maintenant achevé. Les éventuels incompatibilités entre les modules préfabriqués ailleurs ont été écartées, la géométrie vérifiée, l'ordre de montage et les contraintes thermiques et mécaniques examinés.

Les robots duplicateurs vont maintenant fidèlement construire à l'identique le vaisseau lui-même, en dix fois plus grand, non pas dans une salle de montage, car il n'y en a pas d'assez grande, mais directement en-dehors de la station, près des docks d'amarrage, en apesanteur, près de l'axe de Lagrange 4. Normalement, tous les éventuels problèmes ont du être détectés et résolus sur la maquette.

La grande structure de 70 mètres de long devrait donc être achevée dans moins d'un mois.

Ugo marque un temps, pousse un soupir et poursuit. Pendant ce temps... Pendant ce temps il va falloir simuler sur la maquette de montage au 1/10 tout l'équipement spécifique, l'habillage, etc... Là, c'est plus compliqué.

Rien ne semble encore clair, figé, décidé, et Ugo est inquiet. Le bruit court que les Esprits ont exprimé la volonté de faire tous partie du voyage. Tous les soixante quatre, puisque si tout se passe bien, Ptahi/4PFL2IA[Esprit], qui participait à la désastreuse mission Nâbu sur Mercure, sera de retour avant le départ de Clarke.

Mais les collègues Esprits qu'il a consultés se refusent à faire de commentaires, et s'abritent derrière le fait qu'aucune décision définitive n'est prise. Ugo, Bee et Ingrid jettent alors un regard discret à Gôô et ses deux compagnes, mais se détournent vite. Les trois Esprits sont maintenant bien au-delà du simple badinage.

Et le fret ? continue Ugo, qu'en sait-on ? les Esprits ont demandé qu'on embarque des semences, des souches de microorganismes, des animaux. Pour pouvoir installer sur Europe une base durable, ne pas rester dépendants des approvisionnements de la Terre, tenter du terraforming. Qu'en est-il exactement ?

Il est aussi question d'embarquer sur Clarke un CyberCerveau "neutre" qui devra assurer sur Europe la coordination des autres CyberCerveaux, puisqu'il semble que ceux des équipes d'UNAFRI, de NATO et d'ASIA déjà en place n'arrivent pas à établir une plateforme de communication commune.

Là encore, Ugo/MUZ1P45[Superviseur] est en pleine incertitude, car pour le moment aucune Unité Affect testée n'a été capable d'assurer le contrôle de CyberCerveaux de provenances quelconques. On ne va tout de même pas confier un tel vaisseau, son vaisseau, à un simple ordinateur !!!

Ugo se rend compte que de frustration, d'indignation, il a élevé la voix, et maintenant embarrassé, il se tait subitement, sous le regard vaguement désapprobateur d'Ingrid et de Bee.

Dans un silence gêné que ne troublent que la discrète musique de fond synthétique et les moins discrets soupirs émanant des trois Esprits vautrés sur le canapé du côté opposé, les humains se saisissent de leurs verres, et, en feignant l'indifférence, sirotent leur Cognac Fine Champagne de douze ans d'âge, dont la couleur ambrée est magnifiée par la lumière discrète des petites lampes.

Navettes

Brasilia/Brésil/NATO
Le mardi 16 avril 2058, à 13h12 UTC

C'est dans les bâtiments de l'ancien Congresso Nacional, que le célèbre architecte brésilien Oscar Niemeyer a commencé à réaliser il y a exactement un siècle, que le Conseil des Nations tient sa houleuse session du mardi 16 avril 2058.

Le vieux bâtiment, avec ses deux tours jumelles élancées vers le ciel, flanquées de deux vastes salles de congrès, avec ses vastes pelouses, n'a rien perdu de sa superbe. Bien sûr, des réaménagements ont été indispensables, pour recevoir les indispensables commodités : réseau d'écrans 3D, holoprojecteurs, système automatique d'Autolinguo à tous les postes, etc…

Dans l'hémicycle, la plupart des sièges sont occupés par des holoprojections car les parlementaires, pris de court par la soudaine convocation, n'ont pas pu, pour la plupart, arriver à temps à Brasilia. Certains, en transit à Manhattan/NATO, Pretoria/UNAFRI ou encore Nagoya/ASIA ont du à la hâte trouver, à des heures indues compte tenu des décalages horaires, une cabine de télé-holographie pour pouvoir participer aux débats.

L'alternance géographique des lieux de tenue des assemblées du Conseil des Nations s'est imposée, afin de ménager les susceptibilités nationales. Elle est inscrite dans les statuts de l'institution, mais elle est chroniquement décriée par les parlementaires qui sont contraints, au gré des urgences, de sillonner la planète pour siéger dans l'un des onze centres de conférence agréés.

Cette disposition malcommode est pourtant énergiquement défendue par une large majorité chaque fois qu'une proposition, nécessairement partiale, est faite pour fixer le siège de manière permanente dans une localité unique qui serait ainsi dans le fief d'un des protagonistes.

Ici, aujourd'hui, à Brasilia, le taux de présence physique est faible, car le Conseil a été convoqué dans la plus grande urgence, mais la forte participation virtuelle garantit tout de même une bonne représentativité.

Le Président Annuel, Peter/YRK5PLU[Chairman], est bien là, lui, en chair et en os.

Son visage, repris sur le grand écran derrière lui lorsqu'il ouvre la séance et rappelle l'ordre du jour que les parlementaires ont reçu la veille, trahit sa lassitude. Le front du vieil homme est strié de rides et sous ses yeux gris, des poches de peau sombre témoignent de ses nuits blanches et de ses soucis.

Devant lui l'hémicycle parait bondé, mais en réalité, si l'on éteignait toutes les holoprojections des parlementaires distants, dont les images hyperréalistes sont assises derrière les petits pupitres, les rangs seraient piteusement clairsemés.

La séance a commencé il y a un quart d'heure, mais déjà les débats font rage.

La Résolution #37856 prise à Hong-Kong/ASIA, le 12 mars dernier, doit, à la vue des derniers développements de la situation sur le satellite Europe, être amendée, afin de ne pas compromettre la cruciale mission Clarke vers l'astéroïde Shiva. Il est maintenant évident pour tous les observateurs que la prise en charge par une équipe multinationale sur Europe, de la réception, du stockage, de la gestion et de la redistribution vers les colonies habitées du Système Solaire, des richesses minérales qui vont être collectées sur Shiva, est totalement impraticable.

Les raisons en sont assurément d'abord techniques : les épineux problèmes d'interfaçage des CyberCerveaux locaux en sont le volet principal, mais il faut aussi prendre en compte les irréductibles différences de méthode de travail, et les libertés que chaque communauté a peu à peu prises avec le respect des normes ISO, qui sont censées règlementer l'interopérabilité des matériels des différents protagonistes. De fâcheuses incompatibilités matérielles sont maintenant décelées, qui vont nécessiter de laborieuses mesures correctives.

D'autres divergences, politiques cette fois, ne vont pas manquer d'enrayer le bon fonctionnement d'une alliance internationale sur Europe. L'inégalité, en termes démographiques et matériels, des installations sur Europe, où UNAFRI est significativement majoritaire, va inévitablement attiser les rivalités, les influences, les suspicions. Il est impossible de rééquilibrer les poids relatifs d'ASIA, UNAFRI et NATO sans compromettre d'autres projets sur Ganymède et sur Callisto, dont les effectifs sont loin d'être pléthoriques. En fonction des fenêtres de lancements possibles depuis la Terre, il est impossible d'acheminer vers Europe des équipes et du matériel qui équilibreraient les forces en présence, avant l'arrivée de Clarke sur le satellite.

Tout cela, Peter/YRK5PLU[Chairman] en est parfaitement conscient et son avis personnel est déjà établi.

Le jeu démocratique le retient toutefois de l'exprimer, et le fait patienter jusqu'à ce que les parlementaires les plus virulents aient exposé leurs vues et fait leurs propositions, si rocambolesques soit-elles.

Bien sûr, les tenants de NATO, d'UNAFRI et d'ASIA ont tout d'abord proposé la prise en charge unilatérale des opérations par leurs nations respectives, avec un engagement formel et solennel d'impartialité.

Des rires ont fusé dans les gradins.

Mais peu à peu, au fil des débats, les participants sont amenés à reconnaître tout haut que seule une équipe dont la neutralité ne peut être contestée, secondée par un ou plusieurs CyberCerveaux dont les Unités Affects sont elles aussi soustraites aux influences partisanes pourra, de manière crédible, gérer le défit d'une plateforme d'échange neutre sur Europe.

Sans que personne n'ait, à aucun moment, prononcé leur nom, les regards se tournent de plus en plus souvent vers les Esprits dont les corps réels où les images holographiques sont disséminés dans les gradins.

Brasilia/Brésil/NATO
Le mardi 16 avril 2058, à 18h03 UTC

Dehors, il fait nuit depuis longtemps. Une nuit douce. Une petite brise tiède agite les massifs de verdure le long des vastes pelouses, tout autour du Congresso Nacional.
A l'intérieur, dans un des deux grands hémicycles, les parlementaires sont toujours là.
Les débats se sont appesantis sur des questions techniques secondaires, comme pour retarder le moment de faire appel aux Esprits.
Le regard las du Président Annuel, Peter/YRK5PLU[Chairman], passe de plus en plus fréquemment sur Maha/67UJP3D[Esprit], assise au quatrième rang, dont la face de sphinx ne laisse transparaître aucune émotion.
Finalement, et ce en dépit des règles protocolaires, Peter, n'y tenant plus, l'interpelle et lui demande d'exprimer pour l'assemblée le pont de vue de la communauté des Esprits, qui ne s'est pas encore prononcée.
Maha/67UJP3D[Esprit] lève finalement sa tête vers la tribune, et les rideaux troubles de ses membranes nictitantes s'écartent jusque dans les coins de ses yeux verts, dévoilant, dans la grande lumière qui tombe des projecteurs hauts placés, l'étroite fente verticale de ses pupilles noires. La teinte grise de la peau granuleuse de sa large face et de son cou témoigne de son grand calme, lorsqu'elle descend du rehausseur placé à son intention sur le siège qu'elle occupait.

D'un pas balancé et tranquille, elle monte sur la petite estrade de l'orateur.

Un grand silence se fait. Maha a su se faire désirer, et les parlementaires las et désemparés lui consacrent toute leur attention, qu'il soient présents ici à Brasilia, ou quelque part ailleurs sur Terre ou dans une station habitée, confinés dans une cabine de télé-holographie.

Maha/67UJP3D[Esprit] prend son temps, et lorsqu'elle est installée sur la chaise haute, en face de l'assemblée, elle demande tout d'abord que le CyberCerveau Turing/W815ZEFT[CyBrain], dont l'Unité Physique est localisée à Marakech/UNAFRI, soit raccordé directement, en temps réel, aux équipements d'holoprojection et aux systèmes Autolinguo de l'hémicycle, ici à Brasilia, afin qu'il puisse l'assister.
Puis, au fur et à mesure qu'elle expose posément de sa voix caractéristique les principaux volets de la proposition que les Esprits ont préparée, Turing projette, derrière elle sur le grand écran, des diagrammes, des chiffres et des figures.

Maha explique que la proposition des Esprits est un tout, cohérent, qu'ils demandent aux parlementaires d'adopter dans son entièreté. Que des modifications d'un des aspects du projet ne pourraient qu'en entrainer d'autres, et provoquer des retards rédhibitoires. L'échéance toute proche, le 23 mai, dans seulement 37 jours, de la fenêtre de lancement qui permettra de rejoindre Shiva, interdit toute tergiversation.
En conséquence, la proposition élaborée par les Esprits, qu'ils ont préparée dès l'annonce des problèmes survenus sur Europe, doit être prise telle quelle, faute de quoi les Esprits se retireraient de l'affaire.
Un murmure de désapprobation, presque d'indignation monte des gradins, mais Maha poursuit.

Tout d'abord, assène Maha, la mission Clarke devra être dotée d'un seul CyberCerveau, Turing/W815ZEFT[CyBrain], ici télématiquement présent. Turing a été, avec son propre consentement, modifié par les plus experts des Esprits afin que son Unité Affect soit culturellement neutre, ou du moins, que s'il est culturellement coloré, cette culture soit la micro-culture des 64 Esprits recréés, avec leurs valeurs communes. Le processus n'est pas totalement achevé, mais dans sa phase actuelle, il permet déjà à Turing de dialoguer sans problème avec n'importe lequel des autres CyberCerveaux de NATO et d'ASIA. Les essais avec des "confrères" d'UNAFRI sont en cours. Maha invite les experts du Conseil des Nations à vérifier ce point avec le CyberCerveau de leur choix.

Turing pourra donc, s'il est embarqué sur Clarke, prendre ensuite la direction des opérations sur Europe. Les CyberCerveaux déjà en fonction sur Europe pourront, au choix de leurs propriétaires, être soit interconnectés, soit retirés.

Les parlementaires sont étrangement silencieux. Abasourdis. Comment les Esprits ont-ils pu, dans le plus grand secret, mener à bien ces investigations, ces essais sur un CyberCerveau ? Oui bien sûr, concluent certains : ils ne sont que 64, le nombre maximal d'individus autorisés, sous le couvert du Private Data Act[9], à échanger entre eux, en circuit fermé, des données privées sans que le Free Information Act[10] ne les oblige à les divulguer. Oui, mais le CyberCerveau ? Eh bien, il suffit qu'un des Esprits soit volontaire pour ne pas appartenir, temporairement et pour les données considérées, au cercle des 64 intelligences dans la confidence, afin de céder sa place au CyberCerveau. C'est probablement Ptahi/ 4PFL2IA[Esprit], seul avec un humain dans le vaisseau Nâbu, à encore plusieurs millions de kilomètres de la Terre, qui s'est sacrifié.

---

[9] Private data Act : voir l'article de Wikicycla, page 169

[10] Free Information Act : voir l'article de Wikicycla, page 159

Une rumeur monte maintenant dans l'assistance, de frustration, d'impuissance, d'indignation. Ils ne sont qu'une poignée, et ce sont nous les humains, qui les avons recréés. Ils sont devenus une force autonome, ils se jouent de nous, qui sommes tellement plus nombreux !

La peau de Maha commence à se colorer, d'agacement, d'impatience. Sans bouger ses épaules, elle tourne sa tête sur presque un demi tour pour regarder Peter/YRK5PLU[Chairman], qui comprend et frappe énergiquement son pupitre du plat de la main, puis avec son maillet en bois, comme un commissaire priseur, pour réclamer le silence, qui revient peu à peu.

Maha/67UJP3D[Esprit] finit par poursuivre son exposé, et par déclarer que tous les Esprits quitteront la Terre ou les stations orbitales Lagrange 4 et Lagrange 5 où ils vivent en ce moment, et embarqueront sur Clarke. Celui d'entre eux, Ptahi/4PFL2IA[Esprit] qui a été impliqué dans le malheureux échec encore inexpliqué de la mission Nâbu sur Mercure, devrait être rentré le 20 mai, dont tout juste à temps pour embarquer sur Clarke qui partira le 23 mai.

Les Esprits, déclare Maha à ses auditeurs qui l'avaient déjà pressenti, souhaitent se soustraire aux pressions politiques et sociales de la Terre, et migrer sur le satellite Europe afin d'y établir une colonie en bonne harmonie avec ses voisins humains sur Europe, Ganymède et Callisto. La gestion des richesses de Shiva est une opportunité qui donne à ce projet une cohérence et une raison d'être.

Les rumeurs de la salle semblent cette fois exprimer une approbation, et plusieurs parlementaires demandent la parole. Mais Maha/ 67UJP3D[Esprit] n'en a pas fini, et demande au Président le droit de poursuivre. Peter hoche une tête résignée et Maha reprend le cours de son exposé.

Les Esprits ne souhaitent pas, dans l'immédiat, revenir durablement vers la Terre, ni aucune des planètes intérieures, Mercure, Vénus, ni même Mars. Ils pourraient demander au Conseil des Nations une rétribution pour leur service de gestion des minerais de Shiva, sous forme de support matériel, métaux, aliments, machines, etc... Bien qu'ils n'excluent pas cette aide, les Esprits souhaitent pouvoir, au moins partiellement, subvenir eux-même à leurs besoins, et établir des biotopes sous les coupoles de leurs colonies, dotés de chaînes alimentaires complètes afin de produire les végétaux, les animaux et l'oxygène nécessaires à leur survie. Les Esprits projettent donc d'emporter dans Clarke des banques de microorganismes, de germes, de semences, des duplicatas de génomes, etc...

Les parlementaires comprennent progressivement, à travers les dires de la petite femelle reptile perchée sur sa chaise haute devant eux, que les Esprits ont trouvé avec ce projet pharaonique de collecte de richesses minières sur un astéroïde, un prétexte puissant pour prendre leur distance avec l'humanité. Peut-être ont-ils raison ? Il faut bien reconnaître que la cohabitation est difficile. Les préjugés anthropocentristes de nombreux humains se muent souvent en aversion, en jalousie. De vieilles superstitions ressurgissent, et des troubles sociaux sont à craindre chaque fois que les Esprits, pour le bien de l'humanité ou son mal, influencent le cours de la politique humaine.

Maha/67UJP3D[Esprit] s'interrompt, ouvre grands ses yeux, dont l'image immense, dupliquée sur le large écran derrière elle par Turing, son ami CyberCerveau, saisit l'assemblée. Ce regard inhumain, d'une espèce intelligente ramenée du fond des âges, frappe les imaginations. Les hommes, il y a bientôt quatorze ans déjà, en recréant les Esprits, ont-ils ouvert en grand la boîte de Pandore ?
Maha baisse un instant ses paupières.
Peter/YRK5PLU[Chairman], qui interprète l'attitude de l'Esprit comme la fin de son exposé, se lève pour diriger les débats, mais Maha, en levant haut sa main griffue, ses quatre longs doigts écartés, signifie qu'elle n'en a pas terminé.

Le dernier point est délicat. Les Esprits, dit-elle, se chargeront de la distribution des minerais aux bases humaines, en fonction des demandes approuvées par le Conseil des Nations. Ceci va à l'encontre des dispositions prises le 12 mars à Hong-Kong, qui stipulaient que ce devait être les colonies des humains sur Europe qui se chargeaient de cela, mais les difficultés de coordinations, que l'on ne peut plus nier, excluent cette option.

Pour ce faire, les Esprits devront avoir les moyens techniques pour pouvoir livrer les minerais aux installations humaines, sur les autres satellites de Jupiter, mais également Mars, les stations orbitales et la Terre. Le grand vaisseau Clarke devra donc être doté de navettes lui permettant, en restant en orbite, de livrer le fret au sol. Les navettes appropriées, à moteurs ioniques ou à combustible chimique, sont du type Atmos III. Il y en a un total 13 en stock sur Lagrange 4 et Lagrange 5. Les Esprits en demandent 6.

Elles devront bien sûr être munies des boucliers thermiques indispensables pour les livraisons sur le sol terrestre, qui ne seront par contre pas nécessaires pour les astres sans atmosphère. Car les Esprits excluent de livrer les minerais en orbite terrestre, aux stations Lagrange 4 et 5, qui étant des lieux extra-territoriaux, ne peuvent pas, eux non plus, gérer les problèmes politiques et techniques déjà rencontrés sur Europe. Les livraisons se feront donc directement sur Terre, à ASIA, NATO, UNAFRI et les quelques non-alignés.

Abruptement, sans plus un mot, sans se donner la peine de terminer par une conclusion polie, Maha descend de son siège et regagne son pupitre au quatrième rang. Turing/W815ZEFT[CyBrain] éteint les images qu'il projetait derrière elle, et la salle reste un instant silencieuse.

Lorsque Peter/YRK5PLU[Chairman] se lève à nouveau, qu'il déplie ses jambes fatiguées, il sait que la nuit n'est pas terminée, et que les débats vont se poursuivre jusqu'au petit matin.

Une immense lassitude le fait soupirer.

Troubles

ꝹꙨ∧ꓨꓟ ꟼꞚ꞊ꓦꓦ Gꓒ
Ꙩ ꞚꞚꞚ ꓰꓨꓧꓱꓕ Ꙩꓰ∧꓌ꓦ

La libellule ne se pose jamais
sur le museau du lézard

Encyclopédie de l'Astéroïde / Article n° 007A

Bandiagara/Mali/UNAFRI
Le jeudi 18 avril 2058, à 16h40 UTC

Au flanc de la Falaise de Bandiagara, le paisible village a été envahi par des étrangers venus de San, de Nouna, et même de Ouagadougou et de Niamey. Ils sont venus ici, au Pays Dogon, honorer les ancêtres Nommos, les monstres venus d'un autre monde, les Maîtres, les Sages, qui ont été créés par le dieu du ciel, Amma.
Les Esprits, ce sont bien eux, sont venus du ciel avec un astéroïde miraculeux.
Les fidèles viennent ici les implorer de ne pas quitter la Terre, de ne pas abandonner les hommes pour retourner dans le ciel vers Jupiter.
Les villageois, submergés par le nombre, se sont battus pour faire partir les importuns. Trois d'entre eux sont morts dans la bousculade.

Tiān Tán/Pékin/ASIA
Le mercredi 17 avril 2058, à 10h04 UTC

La foule est immense, et les abords du Temple du Soleil, le Tiān Tán, sont envahis par des bandes excitées qui brandissent des effigies polychromes. D'immenses dragons de polypropylène bariolés flottent dans le léger vent qui s'est levé et qui chasse vers le sud des troupeaux de nuages cotonneux déjà ourlés de rose par le soleil couchant.

Des slogans sont scandés, et sur la plateforme du Hall des Prières pour la Récolte, de gigantesques holoprojections, que la lumière qui décline rend de plus en plus lumineuses, concentrent tous les regards. On y voit, confondus en une même représentation, des dragons et des Esprits, et le monstrueux dispositif de sonorisation fait vibrer l'air de la pulsation assourdissante des gongs.

La Société du Dragon a fait les choses en grand : depuis plus de douze heures, les réseaux sociaux ont été saturés de milliards de messages qui ont noyé toutes autres possibilités de communiquer, et des milliers de personnes ont convergé vers le district de Xuan Wu où se trouve l'antique Temple du Soleil.
Il fallait bien sûr s'y attendre : du fait de la libre circulation de l'information dans tout le Système Solaire, la puissante confrérie, qui depuis plus d'une dizaine d'année tente de noyauter le gouvernement d'ASIA, n'a pas pu cacher ses vastes opérations de propagande.

L'arrivée dans l'espace public des Esprits, ces êtres reptiliens aux pouvoirs supérieurs, n'a pas manqué de ressusciter parmi les illuminés friands de théories du complot, les anciennes superstitions, les mythes presque oubliés, les croyances en des vérités cachées depuis la nuit des temps, en des êtres surnaturels, et en leur révélation épiphanique aux hommes d'aujourd'hui.
Déjà, depuis la publication des résolutions du Conseil des Nations, le 12 mars, qui prévoient l'intervention des Esprits dans la mission vers l'astéroïde Shiva et la récolte de métaux précieux, les réseaux sociaux sur GlobalNet ont été le théâtre d'une intense activité. Les vieux

mythes des Seigneurs Reptiles[11] et des dragons ont fait l'objet, partout sur la planète, d'un intérêt subit.

Les Esprits y sont, tour à tour, des dieux bienveillants venus aider l'humanité à surmonter le souvenir encore traumatisant de la Guerre Globale, ou au contraire des être maléfiques resurgis du fond des âges pour supplanter l'humanité et la réduire en esclavage.

Lorsqu'il y a quelques heures seulement, la décision de confier entièrement l'opération aux Esprit a été communiquée, le mouvement déjà houleux s'est transformé en hystérie.

Ici au Sud de Pékin, dans le soir qui tombe, les clameurs sont indescriptibles. De grandes inscriptions en 3D, utilisant les vieux idéogrammes traditionnels, que beaucoup comprennent encore, flanquent maintenant les images immenses des Esprits-Dragons qui trônent sur la plateforme. On y lit "Fu-Zang Long, aime-nous".

Le Fu-Zang Long ! Le grand dragon chinois, celui qui garde les trésors, celui qui est assis dans sa grotte, sur des monceaux de richesses interdites aux hommes !

Bien sûr que les Esprits sont la manifestation de Fu-Zang Long : ce sont des dragons qui vont prendre possession de montagnes de métaux précieux sur l'astéroïde que des hommes ont découvert ! Il est tellement évident qu'ils ne vont pas les partager, ils vont les enfouir sous terre, comme le fait Fu-Zang Long.

La foule hurle de plus en plus fort : Fu-Zang Long !   Fu-Zang Long !

Tiān Tán/Pékin/ASIA
Le mercredi 17 avril 2058, à 13h03 UTC

---

[11] Seigneurs Reptiliens : voir l'article de Wikicycla, page 195

Il fait nuit maintenant sur le Temple du Soleil, et l'alcool aidant, le vacarme s'est transformé en une rumeur qui ne couvre plus les déclamations qu'un homme perché sur une estrade, en face de la foule, destine à ceux, peu nombreux, qui parviennent encore à fixer leur attention sur lui.

La face de l'orateur, reprise par les trois holoprojecteurs qui environnent le temple, avec ses yeux écarquillés et ses pommettes contractées, exprime une détermination fanatique.

Il lève son poing pour désigner à la foule la séquence d'holocinéma qui se déroule juste au-dessus de lui. On y voit un esprit brasser les monceaux de pièces d'or, preuve de sa cupidité, et de sa volonté et celle des siens de déposséder les humains.

L'homme qui crie à la foule sait pourtant bien, lui aussi, que depuis fort longtemps déjà, les images virtuelles produites par les CyberCerveaux sont devenues si réalistes qu'il est impossible au spectateur de déceler si ce qu'on lui montre est une réalité. Les images d'un Esprit qui nage dans une baignoire de pièces d'or, si elles sont évocatrices, n'en sont pas pour autant une pièce à charge.

Pourtant, pendant plusieurs heures encore, l'orateur s'époumone tandis que peu à peu la foule se disperse, ne laissant que quelques formes allongées dans la boue, vautrées dans leur vomi.

Chichén Itzá/Mexique/NATO
Le vendredi 19 avril 2058, à 09h17 UTC

Des fanatiques ont tenté d'entraîner un Esprit au sommet de la Pyramide de Kukulcán dans l'intention manifeste de le sacrifier, l'accusant d'être un imposteur voulant prendre la place du grand dieu Kukulcàn, le Serpent à Plumes des Mayas Itzá.

Fûh/KE2PO89[Esprit], verte de panique, a été sauvée de justesse par les forces de l'ordre, sous des volées de pierres.

Herðubreið/Islande/NATO
Le mercredi 17 avril 2058, à 20h52 UTC

Ils sont arrivés dans la journée, par petits groupes, en hélicoptères, et les voilà maintenant réunis sur le plateau sommital du gigantesque volcan éteint Herðubreið, qui surplombe de près de 1000 mètres les terres environnantes.

Le temps est clair, et l'air est devenu piquant. Ils ont transporté jusqu'ici, à grands frais, de quoi allumer un brasier dont la lueur dansante les empêche de contempler la myriade d'étoiles au-dessus de leurs têtes.

En arrivant, avant que le soleil ne se couche, ils ont pu voir, tout autour, la vaste étendue désolée du Ódáðahraun, le Désert des Crimes.

Maintenant, la Confrérie des Runes est au complet, et le Maître a commencé la Cérémonie du Dragon.

Le cercle des adeptes, enveloppés de leurs lourds manteaux, répartis autour du feu, écoute avec respect le Maître qui, comme chaque fois, relate d'une voix monocorde l'antique histoire.

Hreiðmarr, le roi des nains, Ceux de la Brume, les Nibelungen, a été tué par ses fils Regin et Fáfnir, qui voulaient s'approprier le trésor d'Andvari. Fáfnir s'est ensuite changé en Dragon pour pouvoir rester le seul possesseur du trésor, et chasser Regin.

Le Maître marque un temps, et l'on entend crépiter le feu. Un des adeptes lui apporte une coupe d'hydromel, que le Maître boit à petites gorgées.

Puis il poursuit, d'une voix plus forte.

Aujourd'hui, les Dragons, qui ont déjà pris possession de beaucoup de richesses dans ce monde, ont décidé se s'approprier le trésor du monde volant qui approche du Soleil, en provenance des ténèbres. Ce trésor qui vient du fond de l'espace et du fond des âges est celui des Nibelungen.

Comme l'a fait Sigurd dans la saga, il faut reprendre le trésor aux Dragons.

Avec un cri, un assistant jette dans le brasier une poignée de copeaux de magnésium sortis d'on ne sait où, et un intense éclair blanc repousse la nuit.

Avant que les participants soudain aveuglés n'aient pu retrouver la vue, une harpe sonne et le Maître entonne une mélopée.

Lorsque les dernières notes à la fois grêles et profondes de la harpe se sont tues, il reprend et explique que les richesses volées par les Dragons seront gardées dans des grottes de glace, sur le satellite Europe.

Mais la Confrérie des Runes a son Sigurd, ou plutôt la fiancée de celui-ci, Brynhildr !

La guerrière de la Confrérie, Brynhildr, qui endossera la mission sacrée de récupérer le trésor, n'est autre que þórdís/ AZ29BTF[Medic], une adepte de longue date, qui orbite Europe sur un vaisseau divin.

Hilla/Irak/ASIA
Le mercredi 17 avril 2058, à 18h33 UTC

C'est à Hilla/Irak/ASIA qu'ont été préservés, sous une immense coupole, les vestiges de l'antique Babylone. La Porte d'Ishtar, construite sous Nabuchodonosor II au bord de l'Euphrate, enfin restituée à l'Irak par le Pergamonmuseum de Berlin/NATO en 2035, y a été reconstruite. Sous les murs de briques émaillées, d'un bleu intense, une bande de fanatiques, qui a débordé le service d'ordre, hurle des incantations à Mušhuššu, le dragon furieux du dieu Marduk. La clameur enfle et les dévots se prosternent, jusqu'à ce qu'enfin les renforts de police parviennent à les évacuer. Les dégâts sont considérables.

Planète Terre
Entre le 17 et le 23 avril 2058

Un peu partout sur la planète, des manifestations sectaires, des rassemblements de fanatiques, des émeutes se sont produits, suite à la décision prise par le Conseil des Nations, le 16 avril 2058, à 22h45 UTC, à Brasilia/Brésil/NATO, de confier la mission Clarke aux Esprits.

Plus précisément, il a été accepté par la majorité des parlementaires que tous les Esprits présents sur Terre et ses satellites pourront embarquer sur le vaisseau, accompagnés de trois humains choisis par le Conseil des Nations, représentant les trois principaux blocs politiques, ASIA, NATO et UNAFRI.

Les Esprits seront ensuite chargés, en bonne intelligence avec les représentants locaux du Conseil, de stocker et de gérer les métaux précieux, et de les distribuer, en fonction des besoins avérés et approuvés par le Conseil, vers les colonies humaines du Système Solaire.

Il n'en a pas fallu davantage pour exacerber les ressentiments accumulés depuis plus d'une décennie par les marchands d'illusions, les gourous de tous poils, les tenants des pseudosciences, les amateurs de paranormal, les nostalgiques du mouvement New Age.

Depuis la recréation des Esprits, il y a bientôt quatorze ans, la primeur de l'étrange, de l'inexpliqué et de l'exotique leur a été volée. Les Esprits, et le monde passé que révèle l'Encyclopédie de l'Astéroïde, éclipsent les croyances que les maîtres à penser, les mages et les gourous n'ont cessé d'instiller aux crédules, à tous ceux qui ont la soif impérieuse de croire.

Maintenant, la possibilité concrète, matérielle, tangible qu'ont les Esprits de jouer un rôle spécifique et déterminant pour les humains a permis de cristalliser, de nommer une haine latente, celle que l'on voue à l'Autre, celui qui est différent, concurrent et potentiellement supérieur.

Les Esprits sont inquiets, et l'échéance de leur départ vers Shiva leur semble loin encore. Peu à peu, au gré des navettes qui, au départ de Baïkonour, de Canaveral, de Kourou ou de Libreville, desservent la Station Lagrange 4, nombreux sont ceux qui quittent la Terre pour Lagrange 4 et se préparent activement à leur voyage.

Adieux

Tom, de son pas chaloupé, descend le sentier qui serpente entre les eucalyptus, qui jettent des taches d'ombre mouvante sous le grand soleil. Le cou tendu, la tête levée, il progresse lentement, les bras chargés d'une brassée d'orchidées qu'il est allé cueillir haut dans les arbres de la forêt.

Cheeta l'a entendu de loin, ou peut-être l'a-t-elle senti. Elle descend prestement du hamac tendu entre le poteau du petit bungalow et un gros arbre, en le faisant largement penduler, et remonte prestement vers Tom, à quatre pattes, en poussant des cris excités.

Plus bas, confortablement installés entre des coussins sur les fauteuils de bois gris patiné par le soleil et l'usure, Gôô/ 56F82U3[Esprit] et Foy/Z2W42UP[Psy] s'amusent à les regarder interagir.

Ils sont revenus pour quelques jours de repos loin de l'activité fébrile qui règne sur Lagrange 4, loin des incessantes réunions réelles ou virtuelles, et des préparatifs de la grande expédition Clarke qui doit quitter la banlieue de la Terre dans moins de trois semaines.

Ils sont arrivés la veille par la navette Lagrange 4 - Libreville, puis ont loué un hélicoptère pour parcourir les 2200 kilomètres restants. Le tout au frais du Conseil des Nations.

Foy et Gôô sont là pour se reposer, discuter, échanger des idées, et revoir leur protégée.

Dans la chaleur du jour, tempérée par l'altitude et le vent, Foy est restée nue, comme elle l'affectionne, et ne porte que de sobres bijoux d'ambre au cou, aux poignets et aux chevilles.

Sa peau lisse, couleur de miel, contraste étrangement avec celle, grenue et grisâtre, de l'Esprit assis près d'elle.

Gôô/56F82U3[Esprit], depuis qu'il a appris que Foy/Z2W42UP[Psy] s'est portée candidate pour être l'un des trois humains qui embarqueront avec les Esprits pour le voyage vers Shiva, s'emploie à la dissuader, sans succès pour le moment. Il espère que cette courte période de congé au bord du lac Kivu sera propice, et qu'il parviendra à la convaincre que ce long voyage est dépourvu d'intérêt pour elle.

Ils ont déjà passé quelques heures face au lac, sous l'immense parasol, à rêver, en regardant le moutonnement de l'eau sombre sous la brise constante qui souffle de la forêt. A écouter les oiseaux, et les singes dans les arbres.

Tandis qu'ils sirotent dans de grandes coupes un cocktail à la couleur bleutée, Cheeta/ZO9J789[Chimpanzé], qui a rejoint Tom/KEGTIJ7[Bonobo] à mi-pente, le raccompagne vers la terrasse.

Les voilà tous près. L'Esprit et l'humaine les contemplent avec amusement.

Cheeta, trapue, à quatre pattes, appuyée sur les phalanges de ses longues mains, lève son regard sombre qu'encadre une face claire. Elle avance ses lèvres minces et les remue comme pour articuler des mots qu'elle ne prononce pas.

A côté d'elle, Tom, plutôt gracile, plus délié, son visage noir levé vers Foy, lui tend sa brassée de fleurs comme une offrande, qu'elle accepte avec émotion.

Cheeta, la chimpanzé, dont la famille est née non loin d'ici, à une trentaine de kilomètres, dans la grande forêt de Nyungwe, a vu arriver il y a quelques semaines Tom, le bonobo, un cousin éloigné provenant de la forêt de Salonga, à plus de 800 kilomètres à l'Ouest, amené par les scientifiques dans le cadre de l'étude pour la sauvegarde de ces plus proches parents de l'humanité.

L'amélioration des relations interspécifiques entre l'homme et le bonobo d'une part, l'homme et le chimpanzé d'autre part, doit passer, estiment les scientifiques, par l'étude des interactions directes entre bonobos et chimpanzés.

En confrontant leurs cultures très différentes, leurs habitudes, leurs relations sociales, leurs comportements face à l'agression ou la frustration, il sera peut-être possible de comprendre mieux comment l'humanité pourra les côtoyer, sans les confiner dans des réserves ou des parcs protégés.

Pour l'heure, Cheeta/ZO9J789[Chimpanzé] et Tom/ KEGTIJ7[Bonobo] font bon ménage, même si, de toute évidence, ils ont déjà expérimenté quelques malentendus, et que Cheeta ne peut réprimer, parfois, son agacement aux caresses incessantes de Tom, et à ses invitations répétées à copuler. Que se passera-t-il quand elle sera sexuellement réceptive, lorsque dans deux semaine son postérieur sera gonflé et rouge ?

Maintenant le bonobo et la chimpanzé s'attardent autour de l'humaine et de l'Esprit, grappillent les amuse-gueules sur la table, vident les verres, tournoient. Foy a les bras chargés des orchidées que Tom lui a offertes, qu'il a arrachées avec la plante entière, et l'humus odorant et humide s'effrite sur ses genoux.

Cheeta essaie de communiquer avec ses mains. Elle gesticule, s'impatiente de l'incompréhension de Foy, et se campe finalement devant Gôô, qui comprend le langage des signes. Ses longues mains dansent, elle a quelque chose d'important à dire. Gôô, ses paupières ridées papillonnantes, explique, non sans satisfaction, que Cheeta elle aussi souhaite que Foy ne parte pas, qu'elle reste sur Terre, avec son amie de la forêt.

Cheeta, elle, qui ne sait pas décoder l'attitude de l'Esprit, et ne comprend pas sa voix particulière, répète, répète encore, de plus en plus vite, et ses mains s'agitent au bout de ses poignets fléchis.

Ce n'est que lorsque, le bouquet posé sur la table, l'humaine l'accueille sur ses genoux que la chimpanzé se calme.

Ses lèvres mobiles avancées et humides, elle applique des baisers dans la chevelure rousse de la belle femme.

Lac Kivu/Rwanda/UNAFRI
Le dimanche 5 mai 2058, à 10h17 UTC

L'engin blanc attend sur le terrain circulaire du petit héliport. Ses trois pales tournent lentement, presque silencieusement mues par le puissant moteur électrique alimenté par le petit générateur à fusion de l'appareil.

Foy et Gôô descendent l'escalier de l'hôtel, bordé de massifs de fleurs. Leurs légers bagages ont déjà été collectés par le robot de service. Sur leurs talons, Cheeta, très agitée, pousse des cris et signe frénétiquement. Plus haut, Tom le bonobo les regarde avec curiosité.

Ils leur faut partir, et Foy, émue, serre dans ses bras la chimpanzé qui se lamente, mais qui ne la retient pas.

Le rotor de l'hélicoptère tourne maintenant si vite que les pales ne forment plus qu'un brouillard. Un sifflement grimpe vers les aigus.

C'est toujours difficile de faire ses adieux.

Ptahi

ᒎᐁ ᐱᐱᖅ ᒎᕐᕌᒥ ᕱᕱᒎᕻᑫ

Le mésosaure ne mord que lorsqu'il a faim

Encyclopédie de l'Astéroïde / Article n° 532U

Station Orbitale Lagrange 4
Le lundi 20 mai 2058, à 03h15 UTC

Il ne reste plus que quelques mètres.
La masse bleutée de Nabû, inondée de lumière crue par les rampes
de projecteurs, occulte presque tout le ciel en face du grand dock
d'accostage, et éclipse l'immense ciel étoilé. La silhouette du
vaisseau, rendue insolite par l'absence du Module B, s'approche très
lentement.
Les robots ont déjà placé les coussins amortisseurs en élastomère sur
les lèvres du sas du dock. Les tuyères font les dernières corrections
pour amener Nabû en douceur, et assurer l'accouplement de son sas
avec celui de la station.
Déjà les puissants télémanipulateurs se sont saisis des points
d'ancrage de Nabû qui sont règlementaires pour tous les vaisseaux
depuis une dizaine d'années, et l'attirent insensiblement vers son
point de stationnement.
Depuis la grande baie de la salle de commande du dock n°3, on peut
apercevoir sur la coque bleue les trainées brûlées laissées par le
dispositif explosif de découplage, qui a séparé le Module B lors du
tragique accident survenu il y a un peu plus de deux mois, en orbite
autour de Mercure.

Nous sommes ici sur le moyeu de Lagrange 4, où les zones
d'accostage sont maintenues en contre-rotation par rapport à la
grande roue que forme la station, afin de rendre possible le départ et

l'arrivée des grandes missions transplanétaires et des navettes terrestres.

Dans l'apesanteur de la salle de commande, Pedro/ GFK2369[Contrôleur] et ses assistants surveillent l'amarrage du vaisseau sinistré.

Stationné juste un peu plus loin, le long du dock voisin, le vaisseau Clarke destiné au voyage vers l'astéroïde Shiva, avec ses grands moteurs, ses conteneurs garnis de matériels et de machineries, ses modules de stockage, fait paraître Nabû tout petit.

Les responsables sur Lagrange 4, en charge de la mission vers Mercure, sont très anxieux. La perte du Module B de Nabû, et l'agonie de Sakari/A29LPWW[Capitaine], morte en mission, ont été très traumatisantes. Pendant le voyage de retour vers la Terre, une équipe de psychologues de la station jumelle Lagrange 5 a tenté de suivre les rescapés et de leur porter assistance, mais les échanges sont restés laconiques, et l'inquiétude quant à l'état psychique de Luka/3KY5221[Navigateur] et de Ptahi/4PFL2IA[Esprit] est grande. Que vont-ils trouver ?

Ca y est, voilà Nabû arrimé, les sas sont appairés, la pressurisation est en cours. Les télémanipulateurs connectent les câbles et les tuyaux qui vont alimenter le vaisseau et permettre de télécharger le contenu des mémoires de ses calculateurs, de sa boîte noire et de son CyberCerveau Ada.

Depuis la salle de commande du dock n°3, dès la connexion établie, le CyberCerveau en charge tente d'ouvrir un dialogue avec Ada, tandis que l'équipe technique demande au système video de Nabû l'accès aux caméras situées dans la coursive qui mène au sas.

L'image d'un couloir vide apparait alors sur les écrans. Rien ne bouge pendant un long moment. Puis apparaît le petit corps trapu de Ptahi qui se dirige en flottant vers le sas, en progressant de poignée en poignée.

En passant près de la caméra encastrée dans la cloison, il agite une longue main aux quatre doigts minces, en signe de salutation. La pression d'air entre Lagrange 4 et Nabû a été égalisée, et les deux portes du sas sont maintenant simultanément ouvertes. L'odeur légèrement musquée de l'atmosphère du vaisseau sinistré se répand déjà.

Ptahi/4PFL2IA[Esprit], qui arrive maintenant, est tout de suite entouré des membres de l'équipe de support, de Foy et de toute l'équipe des psy, ainsi que des urgentistes. Sa face ne dit rien, ni la couleur de sa peau, et ses mots sont sobres. Tout au plus exprime-t-il son soulagement d'être arrivé à bon port.

Après quelques interminables instants, voici Luka/3KY5221[Navigateur] qui parcourt la coursive à son tour et traverse le sas. Son visage amaigri est fermé. Les cernes autour de ses yeux tristes témoignent des semaines difficiles qu'il vient de traverser.

C'est Foy/Z2W42UP[Psy], son amie de longue date, très émue, qui l'accueille et le serre très fort dans ses bras, oublieuse de l'apesanteur. Ce n'est qu'après avoir dérivé jusqu'à buter contre Pedro, qui lui se tenait fermement, qu'ils prennent tous deux conscience de la situation et du monde attroupé autour d'eux.

Station Orbitale Lagrange 4
Le lundi 20 mai 2058, à 05h34 UTC

Luka et Ptahi ont été examinés, nourris et bichonnés par l'équipe de la station. Ils sont maintenant installés dans une salle de réunion, dans la zone périphérique où leurs poids sont sensiblement ceux qu'ils auraient sur la Lune.

Ada/E1M5JU2[CyBrain], le CyberCerveau de Nabû, dont l'Unité Affect a été perdue lors de l'accident en orbite autour de Mercure, et qui dès lors n'éprouve plus ni émotions, ni sentiments, est scruté, décortiqué sans scrupules par ses pairs basés sur Lagrange 4. Ses mémoires sont fouillées, l'historique de ses process passé au peigne fin.

Mais... Rien... On ne trouve rien qui puisse expliquer la panne du sas vers le Module B, ni la coupure de toutes les communications, ni l'interruption de l'alimentation en énergie. Tout se passe comme si ces événements n'avaient jamais eu lieu !

Les spéculations vont déjà bon train... Le CyberCerveau aurait-il commis une erreur impardonnable qu'il aurait tenté de camoufler en en "oubliant" toutes les traces ?

Ceci expliquerait également le curieux échec du transfert de son Unité Affect vers le Module A. Les Unités Intellect et Com ont pourtant pu être intégralement téléchargées, et l'Unité Mémoire a pu l'être à 91%. ... Seulement à 91% ...

Lors de la copie de Ada/E1M5JU2[CyBrain] du Module B vers le Module A, le mercredi 13 mars, 9% de sa mémoire ont donc été perdus ! Avec probablement, notamment, tout l'historique du catastrophique événement ...

Les données techniques recueillies par les robots disséminés sur la surface rocheuse de Mercure, qui ont été reçues directement par les antennes du Module A rescapé, ont toutefois été préservées et stockées dans les mémoires des processeurs de bord.

Restent les souvenirs des passagers survivants. Bien avant que ce qui reste de Nabû ne parvienne à Lagrange 4, et suffisamment tôt après la catastrophe pour que leurs mémoires soient encore fraîches et précises, Ptahi et Luka ont été interrogés. En vain. Ni l'un ni l'autre n'a été en mesure de fournir des indices susceptibles d'éclairer les enquêteurs sur les causes de l'accident.

Ce qui est par contre parfaitement documenté, ce sont les conséquences : la perte de Sakari/A29LPWW[Capitaine], une excellente professionnelle appréciée par sa hiérarchie et par ses pairs, décédée, probablement dans d'atroces souffrances, dans le Module B en perdition, qui s'est ensuite désintégré en percutant à la vitesse de trois kilomètres par seconde la surface calcinée de Mercure. Le retour prématuré de Nabû, devenu incapable de récupérer les matériels au sol, avec les deux survivants et un CyberCerveau incomplet.

Il s'agit du plus important accident spatial depuis le crash du vaisseau Turan 2 sur Vénus, le 13 octobre 2048, il y a presque dix ans déjà.

Les enquêteurs vont analyser les éléments enregistrés dans la boîte noire du Module A, à défaut de celle du Module B qui a été pulvérisée. Mais l'espoir d'y trouver des informations probantes est maigre.

Station Orbitale Lagrange 4
Le dimanche 21 mai 2058, à14h00 UTC

Les premières auditions des passagers rescapés ont lieu dans la Salle de Conférence #2, le lendemain de leur arrivée. L'enquête est menée par l'équipe de soutien psychologique aux spationautes, qui s'est adjointe pour l'occasion la participation de Pedro/ GFK2369[Contrôleur] et de Foy/Z2W42UP[Psy].

Luka/3KY5221[Navigateur] est reçu en premier. Il se présente affaibli, un peu hagard, et son regard triste témoigne de son mal-être. Il est encore profondément affecté par les événements sur Mercure, qui ont été particulièrement traumatisants pour lui, mais aussi par le voyage de retour pendant lequel il s'est senti très isolé. Il n'a pu à aucun moment assouvir son besoin de parler, de confier ses pensées et de les confronter à celles d'autrui, d'exorciser sa tristesse, de faire son deuil. Il n'a pu échanger autre chose que des banalités avec son coéquipier Esprit. Ptahi, aux dires de Luka, est resté distant, froid, énigmatique, comme s'il était insensible à la douleur de son compagnon, comme s'il n'en éprouvait pas lui-même. Luka n'a pas non plus su se confier à distance aux psys de la station Lagrange 5, dès lors que les dialogues seraient monitorés par des tiers, écoutés, analysés. Ce manque de d'intimité, de discrétion l'a totalement inhibé. Il a par ailleurs mal supporté la lenteur des échanges, hachés par des retards de transmission de plusieurs minutes chaque fois.

Aux questions plus techniques concernant le déroulement de l'accident, et la chronologie des événements tels que les a vécus Luka, ses réponses restent vagues, ses souvenirs nébuleux, tous brouillés qu'ils sont par l'issue fatale qui a vu la mort de sa coéquipière.

Après guère plus d'une demie heure d'un entretien hésitant, les enquêteurs renvoient Luka se reposer, avec la recommandation de suivre scrupuleusement les prescriptions des médecins, et de se soumettre au traitement médicamenteux qui lui a été prescrits.

C'est ensuite au tour de Ptahi/4PFL2IA[Esprit] d'être entendu par l'équipe de soutien. Le contraste avec Luka est saisissant : l'Esprit ne montre pas, dans la mesure de ce que l'on peut deviner d'un être reptilien au physique très différent de celui des humains, de traces évidentes de l'épreuve à laquelle il a, lui aussi, été soumis.

Il est là, devant les enquêteurs, impeccablement vêtu d'une tunique en ThermoTeX bleu de nuit, la peau luisante de bonne santé, l'oeil vif.

Oui, bien sûr, on connait mal l'effet d'un stress intense et prolongé sur son organisme. Les connaissances accumulées depuis que les Esprits ont été recréés ne permettent pas de prévoir leurs réactions à des événements qui sont très traumatisants pour les humains. Peut-être sont-ils beaucoup plus résilients que nous ? Peut-être au contraire Ptahi est-il tout aussi affecté que Luka, mais est-il incapable de l'exprimer ? Comme si un mécanisme de protection le faisait se retrancher dans le mutisme.

Mais aujourd'hui, Ptahi/4PFL2IA[Esprit] est beaucoup plus bavard que Luka. Il se souvient, il explique, il analyse, mais rien de ce qu'il raconte n'apporte de lumière sur les causes réelles de la panne. Ce qui frappe tout particulièrement les humains qui l'écoutent, c'est que Ptahi n'exprime aucune émotion, comme si ce qui s'est passé en orbite autour de Mercure était arrivé à un autre, un inconnu. Il reste factuel, concret, pragmatique. Froid.

Les psys rassemblés en face de lui se rendent compte qu'ils ont encore beaucoup à apprendre sur les Esprits, leur psychisme, leurs valeurs. Leur résistance aux événements dramatiques. Serait-ce une aptitude acquise par leurs ancêtres, qui ont du endurer l'effondrement cataclysmique de leur civilisation avant de disparaître ? Ils ont du connaître tant de malheurs…

La discussion se prolonge, et Ptahi ne donne toujours pas l'impression d'être affecté par le contenu tragique de ce qui lui est arrivé.

Bien au contraire, il semble être capable de se projeter aisément dans l'avenir, et va jusqu'à préciser qu'il se sent tout à fait apte à participer avec ses soixante trois congénères déjà rassemblés sur Lagrange 4 à la mission Clarke vers Shiva. Il y tient. C'était prévu comme cela, et les Esprits ont l'aval du Conseil des Nations.

Et sur ces mots, devant la mine stupéfaite des humains qui le regardent, Ptahi/4PFL2IA[Esprit] quitte la Salle de Conférence #2 d'un pas décidé.

www.lesesprits.fr/20mai2058

Avant le départ

Station Orbitale Lagrange 4
Le mardi 21 mai 2058, à 12h31 UTC

La vaste salle se remplit peu à peu. Les participants prennent place sur les petits bancs disposés en arc de cercle autour du bureau noir qui accueille les orateurs.

Tandis que les silhouettes bigarrées s'installent, Foy, par une curieuse réminiscence, se rappelle l'école de son enfance, dans les années 10, dans le village du Carbet, au bord de la mer Caraïbe, en Martinique, dans ce qui s'appelait encore les Antilles Françaises. C'était bien avant la guerre, et à l'époque, les écoliers du village venaient encore chaque jour se réunir autour d'un maître, dans une salle de classe avec un tableau au mur, meublée de petits bancs en bois, peu différents de ceux en fibrocarbone sur lesquels se pressent aujourd'hui, à presque 400000 km de son île natale, les soixante quatre Esprits arrivés sur Lagrange 4 depuis deux jours.

Foy ne parvient pas vraiment à se concentrer sur la scène qui se déroule ici sous ses yeux, dans la salle de conférence, sur le grand anneau extérieur de l'immense station orbitale. Son imagination s'évade, encore.

Elle se rappelle les tignasses crépues ou bouclées, les peaux couleur de chocolat ou de miel, comme la sienne. C'était un monde sans villes dans l'espace, sans holoprojecteurs, sans CyberCerveaux. Un monde d'avant l'atroce Guerre Globale qui a emporté presque neuf enfants sur dix, du Carbet et de partout ailleurs.

Les bancs de la Salle de Conférence #2, sur Lagrange 4, ne sont ni plus massifs ni plus robustes que ceux de l'école de son enfance, mais ce n'est pas parce qu'ils sont destinés eux aussi à recevoir des écoliers, mais parce qu'ici, dans la faible gravité, même un adulte corpulent ne pèse guère plus qu'un enfant ne pesait jadis là-bas.

Les Esprits, entravés par leur queue, enjambent maladroitement les bancs qui ne sont pas conçus pour eux, et parviennent enfin à s'installer côte à côte.

Alors que le silence se fait, Foy parcourt d'un regard circulaire l'assemblée. Ils sont tous là, tous les soixante quatre, unanimement associés dans le projet de quitter le système terrestre pour aborder l'étrange astéroïde que les hommes ont nommé Shiva, et y récolter les richesses minérales qui y ont été détectées.

Comme c'est étrange cette solidarité entre eux, face aux constantes dissensions entre les humains, leurs disputes, leurs débats…

Elle reconnait au premier rang la grosse tête de Fûh qui cligne constamment des yeux quand elle vous parle, et plus à droite le corps mince de Shôôm, plus grande que ses congénères de presque une tête, ainsi qu'au troisième rang Tyu, probablement la plus éminente mathématicienne que la Terre ait jamais portée. C'est elle qui, il y a six ans, a démontré la conjecture de Goldbach, sur laquelle les plus brillants experts humains s'étaient cassé les dents depuis trois siècles.

Que de talents rassemblés dans cette salle suspendue dans l'espace ! Que de changements aussi, en moins de quinze ans, et de remises en question de tout ce qui faisait la fierté de l'humanité, elle qui se croyait au pinacle de l'évolution et de la pensée ! Quelle leçon d'humilité pour les hommes, mais quel motif de ressentiment, aussi ! Et maintenant ils font bloc. Ils ne sont que soixante quatre, mais leur influence est majeure dans la conduite du monde, la philosophie, la recherche scientifique, l'évolution des idées.

Foy/Z2W42UP[Psy] dont les pensées vagabondent, est ramenée à la réalité par la voix rocailleuse de Peter/YRK5PLU[Chairman], le Président Annuel du Conseil des Nations, venu tout spécialement par la dernière navette en provenance de Canaveral, pour diriger cette ultime assemblée entre les humains et les Esprits, juste avant le départ de ces derniers vers Shiva, puis vers le satellite Europe dans le système de Jupiter.

Il a tenu à venir, plutôt que de ne se présenter que sous forme d'holoprojection, car pour lui, ce jour est important, et bientôt il ne sera plus en charge.

Peter/YRK5PLU[Chairman] et les autres officiels présents sont alignés derrière le bureau noir profilé, juste sous le grand écran. Ils font face aux bancs disposés en arc de cercle, sur lesquels sont installés les Esprits et quelques-uns des humains impliqués dans le projet. Sur le côté, plus près de Foy, Youn/OMP123T[Bioticienne], la sémillante petite coréenne, s'est départie de son habituel sourire, et son visage aujourd'hui grave est tourné vers le Président. A côté d'elle, M'Ganga/3MPYUJI[Coordinateur] est assis très droit, impeccable dans son costume blanc un peu désuet. La peau très noire de ses joues est piquetée de barbe blanche et des cheveux crépus immaculés encadrent son crâne dégarni. Il lève un menton interrogateur dans l'attente de ce qui va suivre. Il est un peu tendu, sans bien savoir pourquoi.

Ce sont eux trois, Youn pour ASIA, M'Ganga pour UNAFRI, et Foy pour NATO qui vont accompagner les soixante quatre Esprits dans leur voyage, comme l'a exigé le Conseil des Nations, en échange de son acceptation de voir partir tous les Esprits vers Shiva, puis la colonie sur Europe.

Le choix des ambassadeurs des humains n'a pas été facile, et les délibérations ont été mouvementées. Finalement, le Conseil des nations a opté pour des représentants offrant une réelle expertise et une connaissance approfondie des Esprits.

M'Ganga a été en 2043 à la tête du groupe de travail auquel les représentants de NATO, d'UNAFRI et d'ASIA ont confié l'étude de l'astéroïde 2043KP3. A ce titre, il a été aux premières loges dès les tous débuts, dans l'extraordinaire aventure de la rencontre avec les Esprits. Il a ensuite été un des privilégiés qui ont pu assister à l'éclosion des premiers Esprits. C'est sur lui que les yeux de Krah/K2R4FU8[Esprit] se sont posés en premier, lorsqu'il a écarté les débris de son oeuf. Depuis, Krah, l'un des plus influents parmi les Esprits, un des plus curieux, entretient une relation privilégiée avec le respectable africain qui est devenu, un peu, son parrain. M'Ganga n'est plus tout jeune, mais il est en excellente santé et sa vigueur et sa finesse d'analyse, sa grande intelligence l'ont fait préférer à des candidats moins expérimentés. L'équipe médicale a donné son accord, considérant que dans l'état actuel des techniques d'hibernation, on pouvait épargner à M'Ganga les parties les plus éprouvantes ou ennuyeuses du voyage et ne le réveiller que pour les phases importantes. Ensuite, sur Europe, il pourra déployer tous ses talents organisationnels et diplomatiques.

Car M'Ganga/3MPYUJI[Coordinateur] est reconnu comme un véritable expert doublé d'un négociateur avisé. Il est le dernier-né d'une famille nombreuse, qui a été repéré très tôt pour ses aptitudes exceptionnelles, et a pu faire de brillantes études à l'Université de Nairobi, juste avant la guerre. Dès la reconstruction, il a entamé une fulgurante carrière à l'Agence Spatiale Africaine.

Youn/OMP123T[Bioticienne] est elle aussi un personnage clé dans l'histoire commune des Esprits et des hommes. Son enfance à Pyongyang, en Corée du Nord, pendant la dictature, ne la prédisposait nullement à la carrière d'exobiologiste qui l'a fait mondialement connaître. Sa contribution dans la recréation, par génie génétique, des premiers embryons à partir des fichiers de données décrivant le génome complet des Esprits a été cruciale. C'est elle qui préconise, dès juillet 2044, d'employer des séquences "fossiles" de gènes encore existantes dans les très lointains cousins reptiles des Esprits, et de les associer avec celles obtenues en faisant travailler des bactéries modifiées. Elle aussi, comme M'ganga et Foy, a assisté à la naissance d'Esprits, et a fait l'objet d'une "empreinte" par l'un d'eux. C'est ainsi qu'elle a été reconnue comme la plus pertinente candidate pour représenter ASIA auprès des Esprits.

Foy/Z2W42UP[Psy] s'étonne encore de la réticence qu'a montrée Gôô, son ami Esprit, quand elle lui a annoncé son intention d'être l'ambassadrice de NATO auprès des Esprits, dans le grand voyage qui se préparait. Il a argumenté, insisté, sans jamais avancer aucun argument vraiment convainquant. Lorsqu'elle en a fait part à M'Ganga, ce dernier lui a avoué qu'il a rencontré, lui aussi, la même hostilité à son projet de la part de Krah. Lorsqu'ils en ont tous deux parlé à Youn, la petite coréenne leur a déclaré qu'elle aussi s'est heurtée à la désapprobation de Humil/ERB5PLI[Esprit].

Tout ceci est bien intriguant... Mais M'ganga, Youn et Foy ont tenu bon, et l'absence d'arguments forts pour les dissuader, combinée à leur goût de l'aventure, leur curiosité et leur intérêt pour les Esprits a convaincu le Conseil des Nations qu'ils étaient tous les trois les meilleurs représentants que l'humanité pouvait déléguer auprès de ces soixante quatre êtres si étranges et si attachants.

Foy se secoue, s'extirpe de sa rêverie. S'aperçoit que tous les regards sont tournés vers elle. Elle est confuse, et elle se sent rougir sous l'oeil interrogateur de Peter/YRK5PLU[Chairman], qui lui a posé une question qu'elle n'a pas entendue.

Après un instant suspendu, le Président répète sa question. Oui, répond Foy, elle confirme sa volonté de représenter NATO auprès des Esprits à l'occasion de l'expédition vers Shiva. Oui, elle défendra les intérêts du Conseil des Nations sur Europe, et veillera à ce que la gestion, la distribution et l'acheminement des minéraux de Shiva se fasse dans les règles convenues.

Puis c'est au tour de Youn qui réaffirme, en Coréen, son engagement pour le compte du Conseil des Nations, en tant que représentante d'ASIA. Les écouteurs au creux de l'oreille des humains en susurrent la traduction en Anglais, en Spanglish, en Arabe, alors que les Esprits en suivent la teneur sans aucune aide, car ils ont tous, au cours de leur fulgurant apprentissage, acquis les bases des principales langues encore utilisées dans le monde.

C'est enfin M'Ganga, visiblement ému, qui prend la parole en Swahili, bien que tous savent qu'il maîtrise également parfaitement l'Anglais et le Franglais. Il mettra un point d'honneur à défendre, dit-il, les intérêts non seulement d'UNAFRI, mais aussi des quelques non-alignés, la Nouvelle-Zélande, l'Ile de Pâque, Panama ou encore Tuamotu.

Lorsque c'est au tour des Esprits de s'exprimer, ce sont Maha/ 67UJP3D[Esprit] et Gôô/56F82U3[Esprit], leurs deux représentants habituels auprès du Conseil des Nations, qui prennent la parole. Maha affirme, sobrement, que les Esprits prendront en charge la bonne marche du vaisseau Clarke et prendront le plus grand soin de l'ensemble de ses équipements et du fret qu'ils se sont engagés à collecter sur l'astéroïde. Gôô quant à lui récapitule la constitution du vaisseau, en mentionne les sous-ensembles principaux et leurs fonctions.

Enfin il rappelle le calendrier des opérations :

- Départ de Lagrange 4 dans deux jours, le 23 mai

- Accostage de l'astéroïde Shiva prévu le 7 septembre 2058, dans 109 jours

- Travaux sur l'astéroïde durant six mois pour respecter une fenêtre de départ vers Jupiter de quelques jours, juste avant le 12 mars 2059.

- Arrivée sur Europe quatre mois plus tard.

Gôô ajoute que compte tenu des effectifs importants transportés par Clarke, il est prévu de maintenir en hibernation la plus grande partie des voyageurs et de n'en conserver éveillés que le nombre nécessaire aux prises de décision sur Shiva, le contrôle des robots et la communication avec la Terre d'une part, Jupiter d'autre part.

Lorsque Gôô s'interrompt, il cligne de ses membranes nictitantes, et baisse ses paupières.

Un curieux silence s'installe, jusqu'à ce que Peter/ YRK5PLU[Chairman] comprend que c'est une manière, pour l'Esprit, de lui rendre la parole.

Peter, Président Annuel du Conseil des Nations, prononce alors quelques mots de conclusion, et souhaite bonne chance aux voyageurs, d'un ton neutre, presque distrait.

Lorsqu'il en a terminé, et qu'il éteint sur la petite console le projecteur qui duplique, sur le grand écran derrière lui, son image, sous-titrée par les mots qu'il vient de prononcer, il se surprend à éprouver le soulagement de se savoir bientôt délivré de sa charge : son mandat annuel prend fin, par une curieuse coïncidence, dans deux jours seulement, le jour du départ du vaisseau Clarke.

Son ambitieux successeur aura à gérer la situation inédite d'un contrôle de l'économie de tout le Système Solaire[12] par une intelligence non humaine.

www.lesesprits.fr/23mai2058/

---

[12] Economie globale : voir l'article de Wikicycla, page 201

Rendez-vous avec Shiva

ⵖꓶ÷ძ⊥ ƙ⊥ Ɠꓶ ⴽ ⵙ⊥ⵙ
ὐ€ὐ ⅃ⵖ ÷ ⵖ ⵀ

La fougère du désert ne connait pas celle de la glace

Encyclopédie de l'Astéroïde / Article n° 733T

Vaisseau Clarke
Le samedi 7 septembre 2058, à 22h30 UTC

L'immense masse sombre, maintenant toute proche, remplit presque tout le ciel et éclipse les étoiles.
Depuis bientôt 6 heures, Clarke peaufine son approche, par petits coups de ses puissants propulseurs, pour choisir le meilleur point de fixation sur l'imposant astéroïde qui le fait paraître comme une puce sur un rocher.
Le puissant canon laser a déjà percé un premier trou à l'emplacement que les sondes envoyées il y a quelques minutes lui ont désigné, en vaporisant les roches et les métaux de la croûte, et un robot y a inséré une ancre qui va éviter à Clarke d'être repoussé loin de Shiva dès que les foreuses mécaniques rentreront en action.

Là, maintenant, le vaisseau est en train de s'arrimer plus solidement. Les trépans forent déjà la matière dure de Shiva, projetant des débris et de la poussière. Un dense brouillard de particules rocheuses et métalliques broyées par les puissantes machines s'éparpille rapidement dans le vide. Aucune atmosphère ne freine sa diffusion et la très faible gravité de Shiva n'en fait retomber immédiatement que les éléments dont la vitesse d'éjection est faible. Le reste, des éclats épars, des poudres impalpables, s'éloignent du sol, retombent plus loin, se satellisent autour de Shiva, ou sont libérés dans l'espace.

Trois profonds trous béent déjà, dans lesquels viennent s'insérer les grands pieds en titane qui vont, pendant les quelques mois de l'intervention de Shiva, assurer rigidement la fixation du vaisseau sur l'astéroïde.

Déjà les analyseurs, les spectrographes de masse, les sondes en tous genres sont à l'oeuvre et les premières informations directes affluent.

Shiva recèle bien les trésors que les terriens espéraient y trouver : à l'endroit où Clarke s'est fixé, à mi-longueur de la grande masse en forme de cacahuète irrégulière qui s'étend sur plus de vingt kilomètres, les instruments découvrent du Platine, de l'Osmium, du Rhodium, de l'Iridium en concentrations très importantes, ainsi qu'un mélange de Terres Rares, comme de l'Ytterbium, l'Europium, du Lutécium, ainsi que du Samarium et du Gadolinium.

Ces fameux éléments chimiques dont les prix ont monté en flèche les derniers vingt ans, du fait de l'épuisement des réserves naturelles de ces éléments et de la spéculation qui en a résulté. Alors que la demande, poussée par les dernières avancées technologiques gourmandes en Terres Rares, n'a fait que croître constamment.

Clarke est assis sur plus de vingt millions de millions de tonnes de matière, dont une grande part est constituée de métaux précieux. Les robots envoyés par la Terre ne feront que l'égratigner en y prélevant quelques centaines de tonnes, qui vont représenter une valeur qui déséquilibrerait totalement le complexe équilibre financier et monétaire du Système Solaire si son injection dans l'économie était incontrôlée.

La tâche sera longue et délicate. On ignore encore tout des couches profondes de l'astéroïde, car c'est la première fois qu'on approche un tel corps "ramoïde" de près. Mais les Esprits qui se pressent derrière la console de télécommande des robots, qui déjà rampent précautionneusement sur Shiva, savent déjà que la couche superficielle est dure et dense, et constituée d'éléments dont certains sont hautement toxiques, que ce soit pour les humains ou pour les Esprits.

Ils sont neuf à scruter les écrans 3D, à parcourir les colonnes de chiffres et de symboles qui défilent. Parmi eux huit Esprits, dirigés par Ptahi/4PFL2IA[Esprit], le rescapé de l'expédition Nabû, le plus expert d'entre eux en planétologie. Un peu seule au milieu des Esprits, remarquable par sa stature et son aspect, Foy/ Z2W42UP[Psy], gainée dans une combinaison noire très sobre, l'oeil attentif, ne perd rien des manoeuvres pilotées avec brio par ses coéquipiers.

Elle n'a pas voulu être mise en hibernation pour la première partie du voyage, comme l'ont été les deux autres humains, M'Ganga et Youn, car elle ne voulait pas manquer l'accostage de l'astéroïde, et l'excitation des première découvertes.

M'Ganga/3MPYUJI[Coordinateur] et Youn/OMP123T[Bioticienne], eux, sont plongés dans un profond sommeil artificiel, pour n'être réveillés que lors de la dernière phase du voyage, lorsque Clarke et son chargement arriveront au voisinage de Jupiter. C'est là que leurs talents pourront le mieux être mis à profit et que leur rôle de représentants des nations qui les ont mandatés prendra tout son sens.

Les Esprits, eux aussi, sont en effectifs réduits, car cinquante six d'entre eux sont également en hibernation. Les humains ont besoin, pour pouvoir tomber dans le coma contrôlé de longue durée qu'est l'hibernation, d'une aide médicamenteuse qui leur a été administrée peu après le départ de Clarke.

Les Esprits, dont la régulation thermique corporelle est bien plus imparfaite, n'ont besoin que d'un abaissement de température. Leurs gestes et leurs pensées ralentissent alors, ainsi que leur consommation énergétique, et ils "tombent en lenteur" selon l'expression de leurs ancêtres du Permien, relevée par les linguistes dans la célèbre "Encyclopédie de l'Astéroïde". Les dormeurs sont ainsi simplement maintenus à 3°C, et pourront être réveillés par un réchauffement progressivement.

Les robots rampent maintenant sur la surface accidentée de l'astéroïde, en se cramponnant avec leurs pinces en Titane aux aspérités du sol. Lorsqu'ils lâchent, la moindre poussée les fait s'envoler et la microgravité de Shiva ne les fait retomber que très lentement. Il leur faut alors user de leurs petites tuyères pour les ramener vers la surface.

Ils vont explorer en tous sens l'astéroïde, car les experts suspectent que les concentrations en produits précieux varient selon l'endroit. La masse totale de fret que Clarke pourra emporter étant limitée, il faudra choisir les minerais les plus intéressants. Il est possible, aussi, que la compacité des matériaux soit inégale et que leur extraction soit plus aisée sur certains sites.

Vaisseau Clarke
Le dimanche 8 septembre 2058, à 18h55 UTC

Les robots explorateurs sont revenus. Ils ont trouvé à trois kilomètres un gisement très riche en Terres Rares, sur un terrain plus friable et moins compact que le lieu d'arrivée de Clarke. Avec l'aide de Turing/ W815ZEFT[CyBrain], le CyberCerveau que les Esprits ont demandé pour les accompagner dans leur mission, la décision est prise de ne pas déplacer le vaisseau vers ce site, mais de s'accommoder de la distance, ainsi que de la noria de robots extracteurs et de haveuses qui feront la navette entre le site de prélèvement et le vaisseau.

L'activité est déjà, après seulement quelques heures sur l'astéroïde, à son comble et les premiers minerais arrivent vers les unités de pré-traitement, qui améliorent la sélection qui est déjà opérée une première fois par les machines d'extractions lors de la coupe laser des ligots de minerai. Des sondes, des analyseurs examinent chaque arrivage, en rejettent les lots les moins riches, brisent et retrient les plus prometteurs. La masse totale de minerai que Clarke pourra emporter vers Jupiter est limitée, il faut donc prendre ce qu'il y a de mieux.

Foy se sent un peu perdue dans toute cette agitation, seul être humain au milieu des Esprits qui paraissent infatigables. Elle a très peu dormi depuis l'arrivée du vaisseau sur Shiva, et la lassitude la gagne.

De plus elle ne se sent pas particulièrement utile, car Ptahi, Gôô, Tyu et les cinq autres Esprits qui ne sont pas en hibernation s'activent de manière méthodique, comme s'ils constituaient ensemble une machine bien réglée, bien ordonnée.

Foy observe, depuis le départ, trois mois et demi plus tôt, une lente et subtile modification du comportement des Esprits. Peu à peu, peut-être parce pour que la première fois, ils se sentent entre eux, sans plus d'interaction directe que la présence d'une unique femme, ils adoptent des comportements qui semblent ressurgir d'un lointain passé, des atavismes, des reliques de la vie qu'ont vécue leurs distants ancêtres.

A travers leurs échanges, Foy voit s'installer une prééminence de la raison, qui évacue, dans leurs opinions, leurs évaluations, leurs jugements, toute contribution de l'intuition, de la fantaisie, de l'originalité. Dans leur vocabulaire apparait de plus en plus souvent le mot "raison", érigé en valeur cardinale, comme un dieu. Raison. Et quand quelque chose les agace, ils jurent : "Raison !"

Foy se rappelle que les exégèses de la célèbre Encyclopédie de l'Astéroïde, qui est la seule et unique source d'informations au sujet des Esprits qui ont parcouru la Terre il y a plus de 250 millions d'années, ont trouvé un grand nombre de passages faisant référence à un culte de la Raison. Sans rites, sans lieux de culte, sans symboles, comme une religion immatérielle.

Foy/Z2W42UP[Psy], qui se détache de plus en plus des travaux en cours, observe distraitement les Esprits qui évoluent dans le vaisseau. Leur cycles de veille et de sommeil est de plus en plus irrégulier, comme si eux étaient capables de se désynchroniser du rythme jour/nuit qu'elle, Foy, continue à respecter approximativement bien qu'il n'y ait, sur Clarke, plus ni jour ni nuit.

D'autres changements, plus subtils, semblent aussi s'opérer. Les Esprits s'habillent de moins en moins, et sont souvent tous simultanément nus. Ils mangent plus lentement, en préférant de toute évidence les aliments très protéinés, qu'ils arrosent copieusement d'alcool, seule entorse à la rigueur croissante qui peu à peu s'installe parmi eux.

Et le malaise de Foy, qui s'est insinué dès après le départ de Clarke de la station Lagrange 4, est renforcé par la froideur de Gôô, son ami de longue date, son "neveu", avec qui elle partageait des soirées de rires et de complicité. Leur familiarité passée lui parait aujourd'hui bien loin. La fin de l'oisiveté du voyage jusqu'à Shiva, depuis l'arrimage à l'astéroïde, et la trépidante activité qui s'est installée depuis, ne font qu'aggraver son sentiment d'inutilité et d'isolement.

Foy se dit que la cohabitation avec les Esprits, là-bas sur Europe, sera moins facile que ce qu'elle avait imaginé. Elle envie presque M'Ganga et Youn, endormis dans leurs sarcophages de fibrocarbone, reliés à des machines par des tuyaux.

Foy/Z2W42UP[Psy], depuis quelques jours, s'est investie, comme un dérivatif, un exutoire, dans la communication presque permanente avec la Terre, avec les proches qu'elle a laissés là-bas. Elle assure un dialogue que les Esprits ont réduit au minimum règlementaire, et qu'ils pourraient bien, progressivement, délaisser et lui abandonner.

Malgré le décalage de transmission qui va croissant, elle parvient encore à rire des messages et des grimaces de ses interlocuteurs terriens, et même à badiner. Mais, quand même, leurs remarques inquiètes sur la défection progressive des Esprits, sur leur peu d'investissement dans les rapports d'activité que réclame tous les deux jours le Conseil des Nations, renforcent en Foy le sentiment diffus d'un péril inconnu.

www.lesesprits.fr/7sept2058

Tenerife

Tenerife, Canaries, UNAFRI
Le dimanche 7 décembre 2058, à 12h43 UTC

Le grand Centre de Contrôle de Santa Cruz, sur l'île de Tenerife dans l'archipel des Canaries, dans la montagne juste au-dessus de San Andrés, est rattaché administrativement à UNAFRI depuis 2034, après la Guerre Globale, lorsque les survivants du cataclysme ont réorganisé le monde.

La base de Tenerife est devenue aujourd'hui le principal pôle d'étude et de pilotage des missions spatiales interplanétaires sur Terre, et c'est à ce titre que sont ici centralisées les compétences les plus pointues dans ce domaine.

Tenerife est également un centre international de loisir, de séjour et de repos pour les spationautes au retour de mission.

Luka/3KY5221[Navigateur] y séjourne depuis son retour sur la surface terrestre après le périple dramatique de la mission Nabû. Il a, en six mois de repos, peu à peu retrouvé la santé et la joie de vivre que ses amis appréciaient, même si, fréquemment, des cauchemars le réveillent la nuit. Un corps qui cuit vivant dans un four, des vaisseaux qui explosent sur des planètes désolées. Il se réveille subitement et le visage blanc encadré de cheveux noirs et raides de Sakari/A29LPWW[Capitaine] est là dans l'ombre, qui le regarde. Il lui faut alors faire un effort de volonté pour effacer le spectre de sa coéquipière morte en orbite autour de Mercure.

Ils sont tous les trois assis en face de l'océan immense, sur le rocher qu'ils ont gravi en file indienne par l'étroit sentier qui serpente entre les épineux et les herbes folles. Un grand pin cramponné dans une fissure fait une ombre qui oscille dans la brise iodée. Sur leur droite, plus bas, les coupoles du S3C (Santa Cruz Control Center) miroitent sous le soleil. Ils ont posé leurs sacs et déballé quelques provisions, de l'eau, des figues, un pain doré et odorant, un fromage.

Luka est en grande discussion avec ses amis de longue date Ugo/ MUZ1P45[Superviseur] et Bee/A96H70C[Capitaine], qui sont venus lui rendre visite pour quelques jours. Ils se sont éloigné de l'agitation du Centre pour se retrouver entre eux.

Ugo a peu changé, depuis leurs aventures communes. Il a peut-être encore minci, et des fines rides rayonnent maintenant du coin de ses yeux très pâles. C'est lui qui a coordonné l'assemblage du vaisseau Clarke, et ensuite, presque immédiatement, pris en charge le montage final de la mission Demeter 3, la première mission habitée vers le plus grand astéroïde connu, Cérès, qui orbite entre Mars et Jupiter.

Demeter 3 a quitté Lagrange 4 avec un équipage de trois personnes et du matériel scientifique en prévision de l'exploitation minière des riches ressources de l'astéroïde.

La mission, partie il y a cinq semaines, le 1er novembre 2058, arrivera sur Cérès le 25 août 2059, après 297 jours de trajet. Ugo/ MUZ1P45[Superviseur], lui, sera depuis longtemps passé à autre chose.

Bee/A96H70C[Capitaine], elle, a pris beaucoup de recul par rapport à sa profession de chef de mission spatiale. Depuis la célèbre mission Erendiz dont elle a été le capitaine, elle n'a plus participé à d'autres expéditions, même de moindre ampleur. Elle en a toutefois gardé le titre de Capitaine, à titre honorifique, en reconnaissance de son rôle dans la mission historique qu'elle a gérée.

Lasse de cette vie trépidante de spationaute, et avide de plus de simplicité, elle a postulé pour avoir un enfant, car elle en remplissait les critères. La troisième année, le sévère tirage au sort qui limite, depuis 2037, la démographie humaine[13], lui a enfin permis de concevoir une fille dont Ugo, son compagnon depuis avant la mission Erendiz, a accepté d'être le père et le protecteur.

---

[13] One Billion Act : voir l'article de Wikicycla, page 153

Susylou/LMG3OTR[Enfant], qui a maintenant dix ans, a grandi en Corse, NATO, dont la nature restaurée depuis les séquelles de la guerre est devenue un jardin paradisiaque isolé de l'agitation des grandes métropoles. Elle a la silhouette déliée et svelte de sa mère, ses pommettes haut perchées, sa chevelure rousse, mais ses yeux ont l'éclat bleu très pâle de ceux de son père, et elle a sa bouche fine et ses petites oreilles un peu pointues.

Ugo n'a embarqué dans aucune mission lointaine depuis Erendiz. Il a pris en charge, en sa qualité d'ingénieur, le montage et la supervision de vaisseaux interplanétaires, ce qui lui permet de ne pas quitter l'environnement immédiat de la Terre. Son travail se passe soit à la base de Canaveral, NATO, soit sur la station orbitale Lagrange 4. De cette manière, il peut fréquemment rejoindre Bee et Suzylou et participer à l'éducation de sa fille.

Bee quant à elle ne quitte Bonifacio que rarement, pour des interventions ponctuelles où son expertise est demandée. Ses proches ironisent sur le fait qu'elle est de la vieille école, car elle préfère ne pas mener ses entretiens à distance de manière virtuelle, mais affectionne plutôt les rencontres réelles et les ambiances conviviales que les réunions par holoprojection, pense-t-elle, ne permettent vraiment pas. Elle s'amuse alors à retrouver le style qui lui était cher : ses cheveux roux teints en rouges, ses lentilles mauves, ses combinaisons moulantes et ses bottes hautes. Et ses hôtes s'étonnent de retrouver, étonnamment intacte, la jeune femme qu'elle a été quinze ans plus tôt, lorsqu'elle a embarqué sur le grand vaisseau Erendiz, pour l'aventure qui a changé le monde.

Bee et Ugo sont venus revoir leur ami Luka. Ils ont besoin de se parler, car ils s'inquiètent, tous trois. Foy, leur amie, leur équipière sur Erendiz, ne va pas bien. Ils le sentent. Elle a embarqué, par curiosité, par entêtement, par bravade sur le grand vaisseau Clarke. Pour prouver qu'elle en était encore capable, que l'aventure continue.

Elle est loin maintenant, et ses messages qui ont progressivement changé de ton s'espacent et témoignent de son isolement croissant. Sa complicité avec les Esprits, qu'elle espérait renforcer, s'est désagrégée de jour en jour. Même Gôô, avec qui elle entretenait une amitié étrange qui bravait la barrière des espèces, et faisait l'étonnement de tous, est en train de devenir distant et indifférent.

Foy, l'experte mondialement reconnue en psychosociologie des Esprits, qui pensait mettre à profit son voyage vers Jupiter avec eux pour approfondir sa connaissance de leurs modes d'interaction, se sent maintenant incapable de mener cet ambitieux projet à bien. Car elle se retrouve seule.

Bee, Ugo et Luka ont abondamment dialogué avec elle pendant les premiers jours après sont départ, lorsque le délai de transmission était encore suffisamment court pour mener une vraie conversation. Tout semblait bien se passer.

Mais peu à peu ses messages, qui sont devenus moins enjoués, plus sombres, plus laconiques, moins personnels, ont traduit une anxiété, une tension croissante. Ses trois amis ont compris que quelque chose ne se passait pas comme prévu. Ils ont fini par acquérir la certitude que Foy était ignorée, ostracisée par les Esprits et que, vraisemblablement, ses messages étaient censurés.

Et depuis deux jours, ils n'ont plus reçu aucun message de Foy.

Tout cela est très inquiétant, et ne fait que se rajouter à la situation qui préoccupe l'ensemble de la classe politique, les experts en charge de la mission, et toute la communauté scientifique.

Les rapports d'activité décrivant l'avancement des travaux sur Shiva, la quantité de minerais extraits, le bilan énergétique et l'état des stocks de consommables n'arrivent plus.

Silence radio.

Les grands télescopes, ainsi que les radiotélescopes en orbites, braqués sur Shiva, confirment pourtant la présence de Clarke, toujours arrimé au même endroit, dans la zone centrale, approximativement sur l'équateur de la forme oblongue de l'astéroïde.

Les mesures en infrarouges attestent bien de l'activité du vaisseau, qui consomme une quantité d'énergie, fournie par ses générateurs à fusion, compatible avec les grands travaux miniers en cours.

Mais Clarke s'est tu.

Tenerife, Canaries, UNAFRI
Le lundi 8 décembre 2058, à 15h54 UTC

Luka, Bee et Ugo sont attablés dans la cafétéria-restaurant du S3C, sous la verrière fumée qui donne sur l'océan, lorsque la stupéfiante nouvelle tombe.

Ils sont encore en grande discussion devant leurs cappucinos inachevés et leurs verres vides lorsque soudain la musique d'ambiance s'interrompt et que l'holoprojecteur camouflé du grand mur du fond s'allume pour présenter un flash d'information exceptionnel. Les regards de tous les occupants de la vaste salle se lèvent.

Clarke vient de quitter Shiva.

Trois mois avant la date prévue. Sans avertir.

Les télescopes ont pu assister, presque en direct, avec le délai de transmission qu'impose la distance, à la manoeuvre de départ, et voir le nuage de débris soulevé par les tuyères, et la rapide ascension du vaisseau. Depuis quelques minutes ils suivent le déplacement du minuscule point bleu qui file sur le fond étoilé du ciel.

Déjà, les CyberCerveaux tentent de déterminer les paramètres de sa trajectoire, de deviner sa destination, mais Clarke accélère toujours, et pour le moment aucun calcul fiable n'est possible.

Après un moment de stupeur, pendant lequel, ici à Tenerife, comme partout ailleurs sur Terre, les regards était rivés sur les écrans, les exclamations fusent, les débats font rage. Chacun y va de son hypothèse, et déjà, les tenants de la théorie du complot accusent les Esprits de trahison.

Tenerife, Canaries, UNAFRI
Le mardi 9 décembre 2058, à 23h02 UTC

Les discussions et les commentaires se poursuivent, et les tasses de café vides s'accumulent. Ils sont encore tous les trois attablés à la cafétéria, à suivre, comme tous ceux que l'événement a stupéfiés, les informations qui arrivent sur le grand holoprojecteur, lorsqu'enfin tombe une nouvelle information.
Les moteurs de Clarke ont interrompu leur poussée depuis 30 minutes et les CyberCerveaux ont calculé que le vaisseau est maintenant, avec une probabilité de 95%, sur une trajectoire qui l'emmènera d'ici mars 2062 vers un rendez-vous avec Saturne.

www.lesesprits.fr/8dec2058

Sur la falaise

Bonifacio, Corse, NATO
Le samedi 30 août 2059, à 18h10 UTC

Le soleil encore haut au-dessus de la Méditerranée baigne la corniche d'une lumière intense. Un ciel d'un bleu profond surplombe l'horizon perdu dans une brume de chaleur. Sur la terrasse de l'étroite et haute maison de pierre grise serrée entre ses pareilles au sommet de la falaise de calcaire, les enfants tournoient en riant aux éclats. Comme le font tous les enfants insouciants un soir d'anniversaire, après les pâtisseries et les sodas, les cadeaux et les chansons.

Susylou, qui fête aujourd'hui ses onze ans, a invité ses amis dont les parents ont convergé pour l'occasion vers Bonifacio, chez Bee et Ugo.

Tandis que les plus jeunes jouent au soleil, les adultes se sont réfugiés sous le grand parasol qui abrite la vieille table de bois gris encombrée de verres et de bouteilles entamées.

Il y a là Luka/3KY5221, Ingrid/IPC53ND, Pedro/GFK2369 et quelques autres.

Un robot domestique fait la navette entre la terrasse et la cuisine, s'active à transporter de la vaisselle, à proposer des boissons, à regarnir les coupelles de petits gâteaux.

Sous le parasol bariolé, les discussions vont bon train. Les trouvailles de la mission Demeter 3 qui a rejoint Cérès en début de semaine font l'objet d'annonces retentissantes sur les médias, engorgent les réseaux sociaux de commentaires contradictoires, et maintiennent en haleine les journalistes.

Les nouvelles spectaculaires en provenance de l'astéroïde Cérès en éclipseraient presque les interrogations concernant le sort malheureux du vaisseau Clarke, détourné vers Saturne il y a maintenant déjà plus de huit mois, si les trésors découverts par les robots de Demeter 3 cette semaine ne rappelaient pas ceux qu'on espérait rapporter de Shiva.

Car maintenant, l'opinion publique se déchaîne : comment a-t-on pu attendre si longtemps avant d'entreprendre cette expédition vers un astéroïde connu de longue date, en orbite stable autour du Soleil, accessible depuis les débuts de la conquête du Système Solaire ? Pourquoi le Conseil des Nations a-t-il jeté son dévolu sur Shiva, ce corps presque inconnu qui ne fait qu'un passage fugitif au voisinage de la Terre ?

Car enfin, on le voit bien maintenant, les richesses minières trouvées par Demeter 3, si elles ne rivalisent pas avec celles de Shiva, sont bien suffisantes pour les besoins de l'industrie ! Elles sont tellement plus accessibles, puisque Cérès, qui fait le tour du Soleil en quatre ans et demi, peut être visité quand on veut, au fur et à mesure des besoins !

Et pourquoi s'est-on embarqué dans cette aventure avec Clarke, et a-t-on englouti tant d'argent public, tant de milliards de Sols[14] dans une entreprise si délicate ?

Au moins, assènent certains, cela aura permis de se débarrasser des Esprits, ces démons qui étaient en train de prendre le pouvoir, dans le but d'asservir l'humanité !

Mais les amis rassemblés autour de Bee et d'Ugo, sous le parasol, ici sur la terrasse surplombant la mer, ne parlent que peu de Cérès, de Demeter 3, et de ce que l'on va récolter là-bas.

Leurs pensées vont à leur complice de toujours, Foy/Z2W42UP[Psy], prisonnière d'un vaisseau piraté, en route pour une planète lointaine, avec ses compagnons M'Ganga/3MPYUJI[Coordinateur] et Youn/ OMP123T[Bioticienne], entre les mains des Esprits coalisés qui ont, c'est maintenant une certitude, prémédité cette opération de détournement.

---

[14] Economie globale : voir l'article de Wikicycla, page 201

Très vite, après le surprenant événement du mois de décembre, les hypothèses se sont échafaudées, et se sont peu à peu muées en certitudes, qui dès le mois de janvier, ont fait l'unanimité : les Esprits avaient prémédité leur coup, depuis longtemps.

Sous le couvert du Private Data Act, ils ont en grand secret fomenté leur projet. Bien sûr, c'est pour cette raison qu'ils ont limité leurs effectifs à soixante quatre, qu'ils ne se sont pas davantage reproduits. Ils ont ainsi pu en toute légalité préparer cette évasion.

D'ailleurs, tout ceci explique la catastrophe du vaisseau Nabû sur Mercure ! Le seul moyen de faire revenir Ptahi/4PFL2IA[Esprit] à temps pour qu'il puisse embarquer sur Clarke était de faire avorter la mission Nabû ! Les Esprits ont sacrifié Sakari/A29LPWW[Capitaine] pour récupérer Ptahi !

Les voilà partis vers Saturne, avec dans leur vaisseau trois humains pris en otage. Que vont-ils devenir ?

On s'est longtemps interrogé sur la destination des Esprits. Mais pourquoi donc Saturne ? Mais peu à peu, avec l'aide précieuse des CyberCerveaux, les analystes sont arrivés à la conclusion que le but probable des Esprits est le satellite Titan qui orbite autour de de la grande planète annelée.

Titan est gros comme une petite planète, plus grand que Mercure, un peu plus petit que Mars. Et Titan regorge d'eau et d'hydrocarbures… De plus, caractéristique unique parmi les satellites, Titan possède une atmosphère, plus dense même que celle de la Terre. Bien sûr, si loin du Soleil, Titan est très froid, mais les Esprits maîtrisent la technologie de la fusion nucléaire, et le combustible nécessaire, un isotope de l'hydrogène, y est surabondant. De quoi produire d'immense quantités de chaleur et se créer leur petit monde à eux.

Ils avaient bien manigancé leur affaire, tout était prévu, pensé : les banques de semences et de germes, les bibliothèques de génomes, tout ceci n'était pas destiné à la mise en place de leur base sur

Europe, mais était prémédité pour pouvoir recréer un écosystème sur Titan ! Et leur demande de navettes dotées de boucliers thermiques permettant des rentrées atmosphériques ! Ce n'était pas pour livrer des minerais aux bases terrestres, mais pour pouvoir pénétrer l'atmosphère de Titan et se poser !

Longtemps les polémiques, les commentaires se sont échangés sur les forums de GlobalNet, les réseaux sociaux, les médias de toutes sortes.

L'humanité s'en est trouvée rassemblée, par-delà les différences nationales, les rivalités économiques, la distance géographique et idéologique, dans un mouvement commun de stupeur, de colère, mais aussi d'admiration et de respect.

Et les humains sont soudain sentis plus solidaires que jamais, face aux Esprits qui ont été tant enviés, admirés, respectés et détestés tant qu'ils occupaient grâce à leur intelligence et leurs stupéfiantes aptitudes des positions clés dans la société.

Ils sont partis, maintenant, se sont soustraits aux hommes, se sont affranchis d'une cohabitation qui étaient peut-être, on en prend conscience aujourd'hui, insupportable pour eux.

Le soleil est maintenant plus bas sur l'horizon et la touffeur du jour est tempérée par une brise qui fait battre la toile du parasol. Les convives se racontent des anecdotes vécues naguère avec Foy, lorsqu'après son retour de la mission Erendiz, elle parcourrait la planète avec enthousiasme pour donner des conférences sur les Esprits.

Des plats circulent, apportés par le robot. De la vraie charcuterie, un produit de luxe issu d'élevages raisonnés de porcs, et non d'une usine à viande. Du gros pain à la croûte brune, de blé cultivé en plein champ, sans adjuvants chimiques. Du vin sombre et épais de Corse, presque opaque dans les verres.

Luka/3KY5221[Navigateur] est silencieux, lui, assis appuyé sur le dossier de sa chaise, les yeux mi-clos.

Il pense à Foy, il entend son rire, et une immense tristesse lui serre le coeur.

Dans le soir qui tombe sur Bonifacio, Susylou/LMG3OTR[Enfant], et les autres jeunes, maintenant fatigués d'avoir chahuté, assis en cercle sur les pierres tièdes, se racontent des histoires.

www.lesesprits.fr/11mars2062

From   Jaco/HPLTVCJ[Astronome]
To   Public Media
Time   2064-01-17, 15:33 UTC
Message #197653008861
Public under Free Information Act
Transcrypt : Franglais

Source   International Space Agency/Public release/#MM75236

La sonde Koios 3, lancée le 2059-09-23 en direction de Saturne, a transmis des images du satellite Titan prises en infrarouge, qui montrent sur la surface de grandes structures qui n'apparaissaient pas sur les clichés pris par les sondes précédentes Theia et Crios 2.

Des monticules ronds à la géométrie apparemment parfaite, ressemblant à des coupoles de 1200 mètres de hauteur et de 4500 mètres de diamètre, sont disséminés sur deux aires distinctes dans la couronne équatoriale du satellite.

Les objets découverts par Koios 3 montrent une signature thermique caractéristique dans les infrarouges, suggérant qu'elle sont chauffées à une température approximative de 18°C.

Il est probable qu'il s'agisse d'artefacts créé par les Esprits.

End of message

From	Jaco/HPLTVCJ[Astronome]
To	*Public Media*
Time	*2064-03-10, 12:00 UTC*

Message #197653009326

Public under Free Information Act
Transcrypt : Franglais

Source   *International Space Agency/Public release/#MM75298*

La sonde Koios 3 qui avait le 2064-01-17 transmis des clichés en infrarouge de structures nouvelles à la surface du satellite Titan vient d'interrompre abruptement ses messages. La coupure de la transmission est intervenue au milieu d'un fichier d'images stéréoscopiques, pris en survol bas d'une des structures.

Il est probable que Koios 3 a été détruit par les Esprits.

End of message

Titan

Base 2, Titan
Le 266ème cycle du Nouveau Monde
Le 3 novembre 2073 des Humains

Gôô cligne des paupières dans la lumière bleutée des immenses projecteurs disséminés sur la voûte qui, très haut au-dessus de sa tête, tient lieu de ciel au jardin. L'activité est intense et dans les allées, les petits robots circulent à vive allure, s'arrêtent pile pour arracher une plante, cueillir un fruit mûr, semer dans un bac, actionner un brumisateur. Puis, inlassables, ils repartent vers la tâche suivante.
Plus haut, dans la cabine de contrôle, au même niveau que la plateforme où se tient Gôô, une femelle Esprit qu'il ne connait pas s'active devant un tableau de commande. Ses bras agiles gesticulent, ses fines mains à quatre doigts volent au-dessus de la surface fluorescente de la console, sans la toucher. Ses ordres sont compris et interprétés par une des intelligences artificielles que le Peuple a créées en améliorant Turing, le CyberCerveau des humains venu avec eux dans Clarke, le Vaisseau Fondateur.

Gôô, depuis la terrasse surélevée où il est juché, jette un regard circulaire sur l'immense espace de la Base 2, sous la gigantesque coupole hémisphérique dont la surface concave disparait à la vue dans le lointain, masquée par la vapeur qui s'élève des plantations verdoyantes. Sur sa droite, les crosses enroulées des fougères arborescentes montent presque jusqu'à au niveau de la plateforme, et plus loin, des ginkgos aux feuilles vert tendre se succèdent à perte de vue, dans un moutonnement immobile.

Un instant, pris par la majesté du spectacle, Gôô oublie ses soucis et se prend à rêver, et à contempler avec satisfaction l'oeuvre du Peuple. Que de chemin parcouru depuis leur arrivée sur Titan ! Ils n'étaient alors que 64, sur un monde immense, avec à leur disposition ce qu'ils ont pu embarquer sans éveiller les soupçons des humains. Gôô se remémore l'édification du premier dôme, la création des tous premiers échangeurs permettant de maintenir sous la voûte une atmosphère respirable. Les erreurs qui auraient pu être fatales, dans la création du premier écosystème autonome. Les premières synthèses de matériaux de construction, à partir des gisements d'hydrocarbures lourds.

Heureusement qu'ils ont pu récolter sur Shiva tout un chargement de métaux et de Terres Rares, si précieux maintenant ! Bien sûr, l'essentiel des besoins en matériaux est satisfait par les immenses réserves d'hydrocarbures, de roches et d'eau de Titan, mais les techniques les plus avancées requièrent, pour la confection des robots et des machines les plus sophistiquées, en quantités infimes mais indispensables, les précieux trésors apportés par le Vaisseau Fondateur.

Le Peuple des Esprits a eu de la chance dans son entreprise, et Hasard s'était allié à Raison pour combattre Chaos.

Ils ont pu créer un monde à eux, fuir les humains qu'ils ont tant de mal à comprendre. Les humains si complexes, si multiples et si nombreux. Les humains si épris de Raison mais si maladroits à suivre sa voie. Les humains si incohérents, et si prompts à suivre Paradoxe !

Gôô ressent, comme chaque fois que ses pensées parcourent son histoire, le sentiment trouble que suscitent en lui ses relations passées avec les humains. En lui se bousculent, encore, des sentiments contradictoires. La reconnaissance de l'avoir recréé, lui, premier des Esprits ressuscité, et de lui avoir donné, comme aux autres Esprits arrivés plus tard, la possibilité d'interagir avec leur monde. La gratitude pour ceux parmi les humains qui l'ont entouré et choyé, et qui ont tenté de le comprendre, par-delà la difficile barrière des espèces. Le ressentiment qu'engendrent leurs préjugés et leurs superstitions, et l'imbécilité de leurs manifestations grégaires. La frustration devant leur lenteur, leur incapacité à suivre Raison, leur inaptitude à se concentrer.

Comme s'il avait besoin, une fois de plus, depuis les nombreux Cycles qu'a fait Titan autour de Saturne depuis leur arrivée, de légitimer l'exode des Esprits vers leur Nouveau Monde, comme s'il se sentait coupable d'avoir trahi la confiance de Foy, Gôô récapitule, en les justifiant, les étapes de leur départ.

Et puis ses pensées vont à sa descendance, maintenant nombreuse, et aux oeufs pondus par Maha, qui attendent leur éclosion, dans moins de deux Cycles, dans le grand incubateur de la Base 3. Les Esprits ont grandi et se sont multipliés depuis la Fondation. Ils ont déjà essaimé sur presque toute la surface de Titan, et exploré d'autres lunes majeures, Japet, Rhéa, Dioné.

Encore quelques générations et le Peuple devra, comme l'ont fait les humains, limiter sa population afin de ne pas surexploiter Titan. Déjà, le Grand Conseil des 64, constitué des Esprits Fondateurs, s'interroge sur la population maximale qu'il faudra ne pas dépasser.

Encore absorbé dans ses pensées, Gôô emprunte le transporteur souterrain qui relie la Base 2 à la Base 17. Son wagonnet glisse silencieusement, en suspension magnétique au-dessus du rail brillant qui s'étire à perte de vue dans le tunnel cylindrique.

Gôô est seul, et aucun autre Esprit ne peut l'extraire de sa rêverie, car il a, privilège des anciens, déconnecté son transmetteur pour ne pas être dérangé. Il est tellement absorbé qu'il ne s'aperçoit pas que le wagonnet a débouché du tunnel, et qu'il arrive dans le hall immense de la Centrale d'Energie 4, celle qui alimente toute la zone nord-ouest.

C'est ici que les réacteurs à fusion transforment le Deutérium de Titan en Hélium. L'énergie ainsi produite est utilisée pour chauffer les dômes de toutes les bases, ainsi que pour dissocier l'eau des océans de glace en Oxygène et en Hydrogène, dont on extrait ensuite le Deutérium. L'Oxygène, relâché en même temps que l'Hydrogène et que l'Hélium produit par la fusion, vient lentement transformer l'atmosphère. Il faudra de très nombreux Cycles pour qu'elle devienne respirable par le Peuple, et pour que l'effet de serre, en emprisonnant la chaleur, rende Titan propre à la vie en-dehors des dômes.

Gôô ne s'aperçoit pas qu'il traverse la Centrale d'Energie 4, et qu'un groupe d'Esprits, parmi lesquels se trouve Krah, le regarde passer. Il ne lève ses paupières qu'au dernier moment, lorsque le wagonnet s'engouffre, à l'autre extrémité, dans la section suivante, qui conduit à la Base 17.

Car Gôô pense encore aux humains. Il sait qu'eux n'oublient pas les Esprits. Il sait aussi que même s'ils ont compris les motifs de leur départ, ils n'ont pas pu accepter que le Peuple s'approprie Saturne et ses satellites. Les stations que les Esprits ont mis en orbite autour de Titan, et qui scrutent le Système Solaire, ont déjà observé puis détruit trois sondes provenant de la Terre ou de Mars.

Les humains sont opiniâtres. Quand renonceront-ils ?

Ca y est, Gôô arrive à la Base 17. Il n'est plus loin maintenant. Le Sanctuaire est tout près, et il s'y rend à pied, sur la piste de fibrocarbone luisante qui passe sous les grands réservoirs.

L'endroit est maintenu dans la pénombre, et les visiteurs sont rares.

Mais Gôô est un habitué, ainsi que le sont Humil, Shôôm et quelques autres parmi les anciens. Les plus jeunes ne viennent jamais ici.

Gôô, qui se déplaçait nu, doit endosser la combinaison thermique marquée à son nom qui l'attend dans le casier, avant de s'engager dans le couloir.

Dans des niches, sur les parois, des objets, des souvenirs... Des inscriptions, des aphorismes, des souhaits...

La température baisse progressivement, tandis qu'il avance, jusqu'à ce qu'il débouche dans la crypte. Dans les sarcophages cryogéniques, trois corps sont allongés, en hibernation profonde.

Gôô s'approche sans hésitation de celui le gauche.

Puis il se tient un très long moment, immobile, malgré le froid qui le gagne peu à peu et qui l'engourdit. Quelqu'un qui l'observerait verrait la peau grenue de sa tête, qui émerge de sa combinaison thermique, pâlir jusqu'à devenir blanche, signe de son chagrin.

Il regarde, devant lui, endormie depuis si longtemps, la forme glacée de Foy/Z2W42UP[Psy], dont le masque immobile aux paupières closes le pétrifie de tristesse.

Quand le Conseil des 64 reconnaitra-t-il tout ce qu'il doit à ces trois humains, ces trois témoins de l'espèce qui a recréé le Peuple ?

Et Foy, Foy, quand la réveillera-t-il ?

Annexe

L'encyclopedie Wikicycla

Le lecteur trouvera ci-après des articles de la célèbre encyclopédie Wikicycla, qui illustrent et documentent la Trilogie des Esprits.

Ce corpus de documents ne représentant qu'une infime part de l'encyclopédie. Certains des articles ci-après renvoient vers d'autres articles non fournis ici.

Guerre Globale

Mis à jour le 03/03/2042 par Deuko/596MOL3[Historien]

La Guerre Globale

- Date de début du conflit   30 mars 2029 à 04h03 UTC
- Date de fin du conflit   30 mars 2029 à 04h10 UTC
- Nations impliquées   Toutes
- Victimes durant le conflit   238 000
- Victimes suite au conflit   8 102 589 000
- Fin des troubles   été 2033

Le terme "Guerre Globale" désigne le conflit planétaire qui a opposé pendant une durée très courte (7 minutes) tout d'abord l'Inde au Pakistan, puis, par effet domino, l'ensemble des nations.

Le conflit s'est caractérisé par un écroulement total de tous les systèmes de télécommunication, de contrôle des véhicules et des machines, des armements, ainsi que de tous les objets nomades d'assistance à la personne : Communicateurs, CyberCerveaux portatifs, prothèses bioniques, etc…

Les victimes immédiates pendant les sept minutes qui sont la durée effective du conflit, c'est-à-dire lorsque les belligérants étaient actifs, ont été beaucoup moins nombreuses que celles causées plus tard, dans les mois qui ont suivi, par l'interruption totale et prolongée de l'approvisionnement en énergie, en eau et en nourriture, l'arrêt de tout transport et de toutes les télécommunications, des services de santé, l'immobilisation totale de l'armée et de la police, etc…

Il s'en est suivi des famines et des épidémies terribles, des affrontements et des rapines, une totale instabilité sociale, qui ont fait en trois ans chuter la population mondiale de neuf milliards d'habitants à 930 millions d'habitants seulement.

Sommaire

1. Causes de la Guerre Globale
2. Déroulement et mécanismes
3. La période de chaos
4. La réorganisation
5. Conséquences politiques et sociétales

1. Causes de la Guerre Globale

Les raisons premières du conflit sont à chercher longtemps avant son éclatement réel. Plusieurs foyers potentiels de violence menaçaient de dégénérer en affrontements un peu partout dans le monde depuis des décennies. Leurs causes profondes, parfois combinées étaient

- Les séquelles plus ou moins lointaines du colonialisme et du néo-colonialisme européen, puis nord-américain, puis chinois (principalement en Afrique).
- Les disparités économiques considérables entre des nations "tertiaires" subsistant sur des acquis financiers et technologiques vieillissants et des positions dominantes de plus en plus difficiles à légitimer, et des nations "actives" exploitant les richesses minérales et agricoles, et produisant des biens manufacturés, à des coûts rendus possibles par les salaires modiques et l'indigence de leurs couvertures sociales publiques.

- Des querelles parfois pluriséculaires, motivées, à tord ou à raison, par des différences culturelles, ethniques, religieuses, prétextes à des vues hégémoniques, à des revendications territoriales, et à l'accaparement des ressources.

L'élément déclencheur du conflit a été un des multiples affrontements qu'ont connus, depuis leur création en 1947, l'Inde et le Pakistan.

2. Déroulement et mécanismes

Le 30 mars 2029, à 04h03 UTC précisément, les services secrets indiens ont, en réponse au bloquage à distance par le Pakistan d'un des principaux serveurs de données du sous-continent, réveillé les logiciels malveillants infiltrés depuis plus de dix ans dans tous les ordinateurs publics pakistanais. Il en a résulté, moins d'une minute plus tard, le crash de deux avions de ligne en phase d'atterrissage, l'un a Karachi, l'autre à Islamabad.

La montée de la violence fut immédiate, provoquée pour partie par les systèmes de riposte automatique mis en place depuis des années.

Dès 04h07 UTC la presque totalité du continent asiatique était immobilisée par une armée de logiciels espions implantés à tous les points névralgiques : le trafic routier, aérien et ferroviaire arrêté, des avions en perdition sans plus aucun système de navigation en ordre de marche, les télécommunications muettes, les réseaux de distribution d'énergie défaillants.

En un temps extrêmement court, tout le tissu complexe de logiciels interconnectés et imbriqués au niveau mondial, dans tous les domaines de l'activité humaine, s'est trouvé paralysé, soit directement par le jeu des interactions licites et normales, soit, en dépit de toutes les protections, par l'action des virus informatiques, des "chevaux de Troie" et autres "malwares" installés depuis des décennies dans tous les systèmes sensibles.

A 04h10 UTC, tout était déjà terminé, car plus aucun lien informatique ne reliait les serveurs disséminés sur tous les continents. Les serveurs eux-même, faute d'alimentation électrique, leurs systèmes de secours également immobilisés, devenus inutiles, ne pouvaient plus interconnecter les aiguillages numériques qui permettaient aux grands centres urbains de fonctionner.

Faute d'énergie, car les centrales se sont éteintes, les transports, l'industrie, les télécommunications s'arrêtèrent, de même que les réseaux de chauffage, de ventilation, de drainage.

Tous les systèmes d'assistance aux personnes, les services de la santé, les implants bioniques, les prothèses intelligentes se sont figés. Des gens s'écroulèrent dans la rue, leur pacemaker télécontrôlé devenu fou.

Des dizaines de milliers de personnes perdirent la vie dans des avions, des véhicules, des hôpitaux, tuées par des machines devenues incontrôlables, noyées par l'ouverture inopinée de vannes de barrages, etc…

A part des accidents dû indirectement à la disparition de tous systèmes de pilotage informatique, très peu d'armements sont entrés en action dans le conflit.

3. <u>La période de chaos</u>

L'effondrement de toutes les activités d'approvisionnement en énergie, en eau et en alimentation a provoqué, dans un monde essentiellement urbain, le décès de milliards d'individus en quelques semaines. L'isolement total des populations, sans aucun moyen de communication autre que le bouche-à-oreille, sans moyens de transport que leurs pieds, provoqua des nombreux soulèvements, des guérillas et des comportements allant du cannibalisme aux exécutions sommaires à l'arme blanche. Des maladies depuis longtemps oubliées, le choléra, la dysenterie, la peste décimèrent les survivants.

Les habitants des villes qui ont tenté de quitter les grandes métropoles ne trouvèrent que désolation sur leur passage, et les régions entourant les zones les plus densément peuplées furent le théâtre de vols et de rapines, et d'actes de barbarie.

Dans les régions du monde plus reculées, celles, très rares, où subsistait une polyculture vivrière, des sociétés traditionnelles ont pu résister plus longtemps aux fantastiques changements, lorsque leur éloignement des zones initialement les plus peuplées les mettaient à l'abri de l'incursion de bandes affamées.

Dès mai 2031 cependant, des communautés isolées qui ont pu survivre rétablirent des axes et des centres informatiques, des communications à l'échelle locale, une industrie.

Les productions agricoles et manufacturières redémarrèrent peu à peu, et des groupements linguistiques et ethniques se reconstituèrent. Début 2032, des gouvernements provisoires se mirent en place, et les famines finirent par être jugulées.

4. La réorganisation

Un rééquilibrage des poids démographiques des différentes parties du monde s'est ainsi opéré. Les vieilles frontières, qui ne sont pas oubliées, car consacrées par des siècles d'usage, sont globalement conservées, mais la carte géopolitique globale a été redessinée. Ce redécoupage permit à des nations séparées par l'histoire, mais proches culturellement, de s'associer, et il démembra des entités politiques qui étaient dépourvues de bases culturelles.

Alors que se redéfinissaient les affinités et les intérêts, un Conseil des Nations vit le jour.

Vers le milieu de l'année 2034, un monde meurtri s'est relevé, constitué principalement de deux grands blocs en compétition économique, NATO (Essentiellement l'Europe Occidentale jusqu'à l'Oural, et les Amériques, mais aussi le Magreb et le Proche-Orient), ASIA (L'Asie à l'Est de l'Oural, le Pacifique à l'exception de l'Australie et de la Nouvelle-Zélande) et l'UNAFRI qui regroupait l'ensemble des pays africains subsahariens. Quelques nations "non-alignées" furent représentées directement au Conseil des Nations.

Une des premières tâches du Conseil des Nations fut de proposer un ensemble de lois universelles permettant, si toutes les nations le souhaitent, d'éviter à l'avenir un cataclysme comme celui dont sort tout juste l'humanité.

Contrairement aux prédictions pessimistes des historiens qui ont évoqué les échecs patents des tentatives précédentes de gouvernance mondiale (la Société des Nations, l'ONU…), l'adhésion au Conseil des Nations a été totale, car toute velléité qu'aurait eu une nation de ne pas s'y soustraire aurait provoqué immédiatement une attitude d'ostracisme, fatale au trublion.

5. <u>Conséquences politiques et sociétales</u>

Les conséquences de ce conflit sur la société humaine ont été profondes, et le traumatisme, unique dans l'histoire connue, a permis d'envisager, sur les ruines d'un monde révolu, des structures et des institutions nouvelles.

En particulier, une profonde méfiance dans l'emploi des informations, de leur traitement, de leur commerce, qui ont amenés avec eux tous les outils permettant de voler, contrôler, manipuler, falsifier les données, a ouvert la voie à une reconsidération complète du statut de l'information et de son partage.

Lorsque le Conseil des Nations a proposé fin 2036 le Free Information Act et le Private Data Act, le Monde était prêt pour les accueillir et les approuver.

Parallèlement, les milliards de morts ont indirectement et tragiquement résolu l'immense problème de l'insuffisance croissante des ressources, dû à la dégradation des biotopes et à l'explosion démographique.

(Cf : *fr/wikicycla.org/free_information_act*)

(Cf : *fr/wikicycla.org/private_data_act*)

Au sortir du chaos qui a fait suite à la Guerre Globale, la Terre ne comptait plus que 930 millions d'habitants, munis, malgré la destruction ou la dégradation de beaucoup d'infrastructures pendant et après le conflit, de moyens technologiques encore considérables.

Lorsque le Conseil des Nations a proposé le One Billion Act, qui prévoyait de limiter la population humaine à un milliard d'individus, par contrôle des naissances, la loi a été adoptée, malgré des résistances éthiques ou religieuses.

(Cf : *fr/wikicycla.org/one_billion_act*)

One Billion Act

Mis à jour le12/07/2041 par Deuko/596MOL3[Historien]

One Billion Act

Ce terme fait référence à une résolution prise le 9 décembre 2036 par le Conseil des Nations, portant sur la limitation de la population mondiale à un milliard d'individus.

L'effondrement de la démographie lors des séquelles de la Guerre Globale (Cf fr/wikicycla.org/guerre_globale) a tragiquement résolu le problème de la surpopulation humaine, devenue critique au courant de la troisième décennie du vingt-et-unième siècle, avec neuf milliards d'individus. La dégradation des milieux naturels, la réduction de la biodiversité et une pollution galopante des océans avaient rendu l'avenir de l'espèce problématique.

Les famines et les épidémies qu'a entrainées la guerre ont décimé les populations urbaines principalement, et abouti à une démographie sensiblement bien répartie géographiquement, par rapport aux ressources, et réduite à 930 millions d'individus en décembre 2033.

Une des première mesures prises par le Conseil des Nations, à une écrasante majorité, a été de promulguer une loi imposant un contrôle des naissances afin de maintenir la population globale à un niveau compatible avec les ressources à long terme de la planète.

Sommaire

1. Contexte démographique et historique

L'explosion de la population mondiale depuis le milieu du vingtième siècle, et sa concentration croissante dans des mégapoles, accompagnée par un épuisement des milieux naturels exploités de manière anarchique a abouti, dès 2025, à une situation de crise profonde. L'espérance de vie, qui n'avait cessé de croître significativement depuis plus d'un siècle, du fait des progrès majeurs dans le domaine de l'hygiène et de la médecine, a fini, dans les années 2020, par stagner, puis par amorcer un repli.

Les inégalités sociales majeures se sont de plus en plus, dans l'ensemble des pays, cristallisées sur la "fracture alimentaire". D'une part les classes aisées pouvaient accéder à une nourriture équilibrée, diététique et de qualité, provenant d'une agriculture et d'un élevage contrôlés, biologiquement sains. D'autre part, les classes défavorisées, pour des raisons financières, mais aussi culturelles, s'alimentaient principalement auprès de circuits de distribution de masse, qui pour améliorer leurs profits, augmenter la durée de stockage et repousser les dates de péremption des aliments, proposaient des marchandises industrielles standardisées. La production correspondante, de qualité médiocre, faisait abondamment appel aux manipulations chimiques ainsi qu'aux modifications génétiques des animaux d'élevage et des plantes cultivées.

C'est dans un climat de crise profonde qu'est survenue la Guerre Globale, et ses milliards de morts, qui a ramené la démographie mondiale à ce qu'elle était aux alentours de 1800, lorsque s'amorçait la Révolution Industrielle.

(Cf : *fr/wikicycla.org/révolution_industrielle*)

Quand vers la fin de 2033 des organisations nationales se sont rétablies peu à peu, sur les ruines de ce qu'avait été le monde avant la guerre, un mouvement de renouveau s'est dessiné, qui exigeait la mise en place, dès le retour de structures politiques mondiales, de mesures de prévention d'une nouvelle croissance démographique incontrôlée.

Les premières propositions de limitation de la population mondiale à un milliard d'habitants, exprimées dès début 2034, ont vu leur aboutissement dans la ratification du One Billion Act par le Conseil des Nations le 9 décembre 2036.

2. Modalités

L'application d'un contrôle des naissances au niveau planétaire n'a été possible qu'après la promulgation du Private Data Act de septembre 36, qui imposait l'adoption d'un Private ID, permettant d'identifier de manière univoque chacun des habitants de la Terre.
(Cf : fr/wikicycla.org/private_data_act)

Afin d'éviter toute tentation d'eugénisme, et encourager les brassages ethniques dont il est maintenant universellement admis qu'ils sont bénéfiques à l'espèce du point de vue génétique, les modalités d'application de la loi sont basées essentiellement sur la combinaison d'un choix personnel et d'un tirage au sort.

Selon les termes du One Billion Act, pour qu'une personne, homme ou femme, puisse procréer il faut:
- Que son âge soit supérieur à 18 ans, et inférieur à 36 ans

- Qu'elle en exprime le souhait
- Que le tirage au sort la désigne
- Qu'elle soit parent de moins de trois enfants

La loi, afin d'éviter tout biais eugénique, ne prévoit aucune restriction qui serait basée sur une appartenance ethnique, linguistique, religieuse, ni sur la santé physique (maladie, handicap) ou mentale (psychose avérée).

Par ailleurs, pour éviter un contournement de la loi induisant, par des moyens médicaux (surovulation provoquée) des naissances multiples (jumeaux, triplés, quadruplés…), il a été décidé que lors de telles grossesses, une interruption du développement de tous les embryons sauf un serait imposée, afin qu'il n'y ait qu'une unique naissance.

Le tirage au sort prévu par la loi est destiné à désigner parmi les personnes qui remplissent les conditions d'âge, et qui le souhaitent, celles dont l'implant de bloquage de l'ovulation (pour les femmes) ou de blocage de la spermatogenèse (pour les hommes) sera désactivé.

La probabilité de succès au tirage est variable, et dépend de l'écart entre la population réelle et la population maximale de un milliard d'individu, et du nombre de demandes à un moment donné.

Statistiquement, la natalité se réajuste alors pour compenser la mortalité.

3. Mise en oeuvre

Le début de la mise en oeuvre, dès janvier 37, a été très difficile, car une minorité (réduite) de personnes a refusé, pour des raisons éthiques ou religieuses, de se soumettre à la mise en place d'un implant de contrôle de leur fertilité.

Le recours à la force dans ce type de situation étant proscrit par les nouvelles lois, il a fallu promulguer un arrêt prévoyant une taxation écrasante, et progressive avec le niveau de richesse, qui décourage les contrevenants.

Ce n'est qu'à l'été 37 que la situation a pu se stabiliser, et que la quasi-totalité de la population en âge de procréer s'est pliée aux nouvelles contraintes. La situation catastrophique de la société avant-guerre et l'hécatombe provoquée par le conflit ont eu raison d'un instinct profond de croissance et de multiplication.

Un fort ralentissement de la croissance démographique, qui s'était à nouveau emballée dès la fin du chaos consécutif à la guerre, s'est faite sentir dès avant 2038, lorsque les nouvelles mesures étaient universellement appliquées et que les grossesses entamées avant la mise en place de la loi étaient arrivées à terme.

Au 01/01/2039, la population mondiale était de 986 120 000 habitants et s'était stabilisée.

4. Conséquences politiques et sociétales

Le One Billion Act est le marqueur le plus fort d'un changement radical de société, rendu possible par le cataclysme de la Guerre Globale.

La propension innée de l'espèce à procréer sans se préoccuper du bien-être des générations futures et de l'adéquation de la démographie avec les ressources naturelles du milieu a pu, ponctuellement du moins, être enrayée par le très lourd traumatisme de la guerre.

Mis a part les enfants nés après 2033, tous les êtres humains ont subi dans leur chair, souvent dramatiquement, les conséquences de la disette, des épidémies, de la ruine des infrastructures. Tous ont vu la mort les côtoyer.

Ceux qui ont eu la chance d'avoir survécu ont, nécessairement, le besoin de créer un monde meilleur qui mettra leur descendance à l'abri des drames qu'eux ont connus.

Les institutions mises en place au sortir du chaos ne sont ainsi que le résultat, considéré par une large majorité comme positif, des périls qu'a subis l'espèce humaine.

Les répercussions sur le plan sociétal sont considérables :

- Le statut de l'enfant, devenu plus rare, âprement souhaité, se trouve réévalué
- La conscience de la fragilité (à court et moyen terme) du biotope terrestre et de l'indispensable adéquation (en termes démographiques) de la population humaine avec les ressources de la planète est devenue universelle
- La nécessité de la conquête spatiale, mise en veille depuis la fin du vingtième siècle, se trouve réaffirmée : La colonisation d'autres mondes devient le seul moyen d'assouvir le besoin inné de l'humanité de coloniser de nouveaux territoires sans risquer de tuer le berceau qu'est la Terre

La cellule familiale, devenue multiforme à l'aube du vingt-et-unième siècle, le reste après le One Billion Act, mais le rôle du père et de sa responsabilité quant au choix de procréer s'en trouvent subtilement renforcé.

Free Information Act

Mis à jour le 07/12/2042 par Cato/M2F5LOM[rédacteur]

Free Information Act

Résolution de portée planétaire adoptée à l'unanimité par le Conseil des Nations le lundi 22 septembre 2036, avec application immédiate. Ce Traité Universel a été ratifié par les représentants de NATO et d'ASIA, ainsi que par tous les non-alignés, parmi lesquels l'organisation de l'Unité Africaine UNAFRI.

Ce Traité Universel, qui prend sa source dans les conséquences apocalyptiques du conflit généralisé de la Guerre Globale du 30 mars 2029, fixe les règles de partage des informations non privées entre les gouvernements, les institutions gouvernementales et locales, et toutes les entités commerciales, politiques ou associatives. Le Traité stipule l'obligation faite à chacun de mettre à disposition de la communauté humaine toutes les informations scientifiques, techniques, démographiques, médicales, politiques et administratives, ou de toute autre nature, à l'exception des données personnelles telles que définies par le Private Data Act, ratifié le même jour.

(Cf : *fr/wikicycla.org/guerre_globale*)
(Cf : *fr/wikicycla.org/private_data_act*)

Selon les termes de Traité, les informations concernées doivent rester totalement gratuites. Le coût de leur transfert/acheminement/conversion de format reste cependant à la charge du destinataire.

Sommaire

1. Contexte historique et géopolitique

Après l'effet cataclysmique de la troisième guerre mondiale, communément nommée Guerre Globale le tout nouvellement constitué Conseil des Nations a promulgué une série de mesures, tirées des conclusions de l'analyse des causes du conflit, visant à éviter l'accumulation de risques qui pourraient conduire à un nouvel événement planétaire de ce type.

Tout particulièrement dans le contexte de l'échange, de la propagation et de la rétention des informations, il a paru évident aux commissions qui se sont réunies pour préparer une législation planétaire que le pouvoir devenu autonome et supranational des gestionnaires de l'information, toujours plus grand depuis un demi-siècle, est une des causes primordiales du conflit, beaucoup plus que l'appropriation de ressources matérielles ou énergétiques.
L'absence de transparence des données, et la capacité qu'avaient ceux qui savent les manipuler à les voler, les cacher, les dévoyer ou les

détruire à conduit à une prolifération de logiciels espions, de système opaques de cryptage, de bases de données confidentielles.

Les analystes et les penseurs du début du vingt-et-unième siècle ont longtemps pointé du doigt l'influence qu'ont eu la marchandisation des données, leur thésaurisation, leur manipulation, sur les fondements du tissu social, sur les libertés individuelles, et bien sûr sur la vie économique et politique. Depuis le début du siècle, les scandales d'espionnage informatique, le trucage des bases de données, le fichage systématique des citoyens, tant par les appareils institutionnels que les puissances marchandes, ont démontré la nécessité de reconsidérer la création, la circulation, le stockage, l'utilisation et la divulgation des informations.

Ce n'est toutefois qu'après le grand conflit global que la portée de ces questionnements a pris toute sa signification.

L'obligation d'imposer, au niveau planétaire, l'accès le plus libre possible à l'ensemble du savoir humain, non seulement pour ce qui est des données déjà acquises, mais aussi du flux de données constamment produites, est apparue aux représentants de l'ensemble des nations terrestres comme un préalable indispensable.

Une conséquence évidente, pour que cette mesure soit applicable indépendamment des ressources économiques des citoyens et des collectivités, en est la plus totale gratuité. L'abandon de notions désormais obsolètes, comme la Propriété Industrielle, le secret bancaire, la vente de fichiers, de logiciels, etc… devient alors un prérequis.

Corolairement, une définition claire de ce qu'est la vie privée et des informations qui s'y réfèrent a dû être repensée, explicitée, et codifiée dans des textes de référence.

2. Résolutions du Conseil des Nations de 2036

Après la période de chaos (30 mars 2029 - été 2033) qui a suivi la très courte Guerre Globale, ce qui restait des structures étatiques préexistantes s'est progressivement réorganisé autour d'alliances économiques, sur un substrat culturel. La réorganisation de et la constitution d'ASIA accompagnés du démembrement de l'ex-Russie et de la consolidation de l'Union Africaine, l'UNAFRI ont redessiné un monde constitué principalement de deux grands blocs en antagonisme économique et culturel.

Afin de garantir la paix sur une planète aux ressources très éprouvées, le Conseil des Nations a proposé un nombre restreint de mesures fortes, qui, en dépit les pronostics pessimistes de la majorité des observateurs, ont été acceptées.

Un ensemble de 12 textes fondateurs du Nouveau Droit Universel, a été ratifié entre le 22/09/2036 et le 31/12/2036 dont les plus marquants sont:

- Le "Free Information Act"
- Le "Private Data Act"
- Le "One Billion Act"

C'est le 30 septembre 2036 qu'ont été solennellement ratifiés le Free Information Act et le Private Data Act, les deux premiers documents législatifs appliqués à la totalité de l'Humanité.

3. Champ d'application du Free Information Act

3.1. Informations concernées

Afin d'éviter que le Traité ne puisse être contourné, à cause d'un énoncé qui serait imprécis ou sujet à une interprétation dépendant du contexte culturel, politique ou géographique, le texte concerne la totalité des informations et des données, sous toutes leurs formes, sans distinction de nature ni de provenance, et ne prévoit une exception que pour celles relatives la sphère privée, qui sont définies dans un texte séparé.

(Cf : *fr/wikicycla.org/private_data_act*)

Il stipule donc en particulier que le partage gratuit et universel des données s'applique à tous les types d'informations :

- fichiers informatiques en tous genres
- images et hologrammes fixes, videos et holocinéma, 2D, 3D et 3D+
- musique, enregistrements audio sous toutes les formes, olfactogrammes et tactogrammes
- génotypes naturels et synthétiques
- programmes, protocoles, algorithmes
- Et toutes autres informations qui ne rentreraient pas dans le cadre des données privées, au sens que leur donne le Private Data Act

L'énoncé du Free Information Act implique que ces informations, sous toutes leurs formes, sont la propriété universelle et inaliénable de tous les Humains.

3.2. Mise à disposition des informations

Le détenteur d'une information mise à disposition d'autrui n'est pas, pour des raisons pratiques de volumes à traiter, tenu d'en informer l'éventuel utilisateur. Il doit cependant être en mesure, soit parce que l'information a été pré-conditionnée à cet effet, soit par le moyen d'un convertisseur "à la volée", de la fournir sur simple demande, sans exigence de justification de cette demande.

Il est en droit d'en refuser la cession s'il est en mesure d'apporter la preuve qu'elle rentre dans la catégorie des informations privées, au sens strict (Cf : fr/wikicycla.org/private_data_act).

Le détenteur doit fournir l'information réclamée soit sur un support physique (bloc-mémoire de type Biomem ou conventionnel, ou tout autre) ou la rendre disponible sur un des 10000 Cyber-Serveurs disséminés sur la planète, ou par tout autre moyen accepté par le destinataire. Les coûts inhérents au transfert (support physique, manutention, coût de fonctionnement des serveurs et des transmissions) sont à la charge du destinataire, mais font l'objet d'un plafonnement légal.

La compression des données est autorisée et préconisée, dès lors que l'expéditeur fournit l'outil standard de décompression lors du transfert.

4. Gestion et régulation
4.1.Indexation

Afin de rendre identifiable et traçable une information, il lui est attribué obligatoirement des balises de repérage, des mots-clés, des marqueurs permettant son indexation et sa visibilité pour les moteurs de recherche.

En particulier, dès qu'une personne est concernée ou citée, les données la concernant doivent mentionner son Personal ID, son Numéro Universel d'Identité (Cf *fr/wikicycla.org/personal_id_act*) ainsi que le marqueur déterminant s'il s'agit d'une information privée ou non.

Si l'envoi comprend des données personnelles lors d'un transfert d'information, l'expéditeur doit s'assurer que le propriétaire de ces informations, selon la classification de celles-ci, donne son consentement ou est simplement averti.

4.2.Rétroactivité

La question de la rétroactivité du décret d'application de la loi s'est posée avant même sa promulgation.

Le Conseil des Nations a estimé que la tâche consistant à formater et indexer toutes les informations de toutes les bibliothèques, bases de données, pinacothèques, cinémathèques et autres lieux de stockage, représenterait une tâche dont l'ampleur considérable compromettrait la mise en application rapide de la loi. En conséquence il a été décidé que seules les données personnelles seraient soumises à un traitement rétroactif.

Leurs détenteurs ont le choix entre les détruire, ou demander aux personnes considérées leur autorisation pour les conserver. Bien évidemment, comme il est beaucoup plus compliqué et coûteux de demander d'innombrables autorisations aux personnes dont on a, souvent à leur insu, stocké et fiché des données personnelles, que de simplement les détruire alors qu'il n'est que marginalement intéressant de les garder, la majeure partie des fichiers accumulés a été simplement détruite.

Les observateurs, issus d'instituts privés aussi bien que d'administrations publiques, estiment toutefois que le taux de fraude n'a pas été négligeable, et que probablement, en l'absence d'un dispositif efficace de contrôle à l'échelle mondiale, qui aurait été de toute manière très difficile à déployer, de nombreux fichiers contenant des données privées n'ont pas été ouverts.

Les instances en charge du respect du Private Data Act estimèrent que l'effort de contrôle et de régulation devait prioritairement être porté sur les nouvelles données privées, au fur et à mesure de leur création.

4.3.<u>Swamping</u>

La mise en place du Free Information Act a été une opération difficile, qui a suscité de vives réticences de la part des industriels et des états. Toutefois, la non-rétroactivité de la loi, qui dispense les services secrets de révélations embarrassantes lorsqu'il s'agit d'informations portant sur des groupements humains, a largement contribué à ce que les gouvernements se mettent en conformité.

Mais dans ce cas précis, du fait d'un flou juridique portant sur la nature réellement privée d'informations mettant en interaction un individu et un état par exemple, la divulgation des documents estampillés "Secret Défense" n'a fort probablement été que très partielle. Sous couvert de non rétroactivité, ceux dont le statut restait ambigu ou indécidable, sont restés confidentiels.

De la même manière, le maintien, en vertu de la non-rétroactivité, des secrets de fabrication et des brevets déjà déposés, a abouti à ce que les entreprises se plient aux nouvelles lois de bon gré.

Le contournement de la loi a toutefois fait son apparition très vite, sous forme d'une technique nommée "swamping" qui consiste à noyer, à enterrer les moteurs de recherche sous d'innombrables données à faible contenu informatif, mais riches en mots-clés et en marqueurs spécifiques. L'information pertinente est ainsi perdue dans un océan d'informations neutres et inintéressantes, qui égarent les recherches.

En réponse à ces manoeuvres de contournement, des moteurs de recherche de plus en plus sophistiqués savent trouver les organes générateurs des informations neutres de swamping et les déjouer.

5. Conséquences politiques et sociétales

Le Free Information Act, bien qu'il soit encore récent, a déjà eu des conséquences majeures.

La levée de tous les secrets militaires, industriels, administratifs et financiers a d'ores et déjà abouti à la totale obsolescence des armées, dont l'inutilité a déjà été largement démontrée par le déroulement, les causes et les conséquences de la Guerre Globale du 30 mars 2029.

Les paradis fiscaux, démantelés par le conflit, et qui tentaient déjà de se reconstituer n'ont plus pu, dès le lendemain de la promulgation des nouvelles lois, trouver de clients.

Les compétitions, inhérentes à la nature humaine, et rendues possibles par l'opposition de grands blocs quasi-continentaux comme ASIA et NATO qui rivalisent dans les domaines de la connaissance, de la science fondamentale, de l'excellence industrielle, et du commerce, se retrouvent uniquement sur le terrain de la qualité du travail, de l'intelligence de l'organisation, ainsi que de l'utilisation judicieuse des ressources qui leur sont disponibles.

La recherche fondamentale et appliquée, privée et publique, dont les trouvailles ont soudainement perdu toute valeur marchande directe de par la gratuité obligatoire de tous les résultats, et qu'on a crue un moment menacée dans son essence et dans ses financements, s'est en fait trouvée revivifiée par le changement de paradigme.

En effet la recherche s'est avérée être le seul moyen efficient d'améliorer, dans une progression constante, les procédés industriels, la connaissance du monde, les outils informatiques. L'utilisation concrète et rapide d'un résultat disponible par tous, et la divulgation, au fur et à mesure, de tous les progrès réalisés, loin de décourager les compétiteurs, n'a fait qu'améliorer leur efficacité.

Il en a ainsi résulté un considérable allègement et une simplification des procédures administratives chronophages, qui dans le passé, allongeaient considérablement le délai entre la production ou la découverte d'une idée, d'un concept nouveau, et leur exploitation industrielle. La rétention d'information n'étant plus possible, l'efficacité s'est dorénavant mesurée à la rapidité de réalisation, et l'avantage pris par celui qui met le premier un produit ou service sur le marché.

Par ailleurs, la totale transparence des informations, des résultats de tests, des évaluations des produits finis, est immédiatement devenue un garde-fou contre une baisse de qualité qui aurait pu, en l'absence d'un élément régulateur rétroactif, résulter du raccourcissement des procédures.

Du point de vue social, la redéfinition de la sphère privée, dont le périmètre a été, tout au long de la fin du XXème siècle et du début du XXIème, érodée par des nouvelles technologies très invasives et mal comprises, a reprécisé la hiérarchie, indispensable à l'équilibre psychique, entre le public, le social et le privé, en y raccrochant une hiérarchie des informations, perdue depuis au moins les années 2010.

Private Data Act

Mis à jour le 09/12/2042 par Cato/M2F5LOM[rédacteur]

Private Data Act

Résolution planétaire adoptée à l'unanimité par le Conseil des Nations le lundi 22 septembre 2036, avec application immédiate. Ce Traité Universel a été ratifié par les représentants de NATO et d'ASIA, ainsi que par tous les non-alignés, parmi lesquels l'organisation de l'Unité Africaine UNAFRI.
Ce Traité est le corolaire du Free Information Act, adopté le même jour, et qui stipule que l'ensemble des informations non strictement privées est de plein droit à la disposition de tous les êtres humains. (Cf *fr/wikicycla.org/free_information_act*)

Le Private Data Act délimite le périmètre des informations de la sphère privée, en redéfinit l'inviolabilité, et réaffirme les droits inaliénables à la protection et à l'oubli.

Sommaire

1. Contexte historique et géopolitique

Après la Guerre Globale, le Conseil des Nations a promulgué une série de mesures, tirées des conclusions de l'analyse des causes du conflit, visant à éviter l'accumulation de risques qui pourraient conduire à un nouvel événement planétaire de ce type.
(Cf : *fr/wikicycla.org/guerre_globale*)

Tout particulièrement dans le contexte de l'échange, de la propagation et de la rétention des informations, il a paru évident aux commissions qui se sont réunies pour préparer une législation planétaire que le pouvoir devenu autonome et supranational des gestionnaires de l'information, constamment croissant depuis un demi-siècle, est la cause primordiale du conflit.

L'effacement subséquent, de facto, de la garantie de confidentialité des informations privées, collectées à l'insu des individus, manipulées et marchandisées à des fins commerciales ou politiques, a désagrégé la sphère privée.

La Commission d'Etude préalable à la rédaction des nouvelles lois mondiales a estimé que la libéralisation de la circulation des informations devait s'accompagner d'une redéfinition de la nature des informations privées, et à la mise en place de mécanismes sûrs pour en assurer le contrôle par leur détenteur.

Ainsi donc, complémentairement à la totale libéralisation des informations d'ordre collectif il a paru indispensable au législateur de confirmer et redéfinir le périmètre des informations privées, qui doivent échapper au Free Information Act.
(Cf : *fr/wikicycla.org/free_information_act*)

2. Résolutions du Conseil des Nations de 2036

Après la période de chaos (30 mars 2029 - été 2033) qui a suivi la très courte Guerre Globale, ce qui restait des structures étatiques préexistantes s'est progressivement réorganisé autour d'alliances économiques sur un substrat culturel. La réorganisation de NATO et la constitution d'ASIA accompagnés du démembrement de l'ex-Russie et de la consolidation de l'Union Africaine, l'UNAFRI, ont redessiné un monde constitué principalement de deux blocs principaux en antagonisme économique et culturel.

(Cf *fr/wikicycla.org/NATO*)

(Cf *fr/wikicycla.org/ASIA*)

(Cf *fr/wikicycla.org/UNAFRI*)

Afin de garantir la paix sur une planète aux ressources très éprouvées, le Conseil des Nations a proposé un nombre restreint de mesures fortes, qui, en dépit les pronostics pessimistes de la majorité des observateurs, ont été acceptées.

Un ensemble de 12 textes fondateurs du nouveau Droit Universel, a été ratifié entre le 22/09/2036 et le 31/12/2036 dont les plus marquants sont:

- Le "Free Information Act"
- Le "Private Data Act"
- Le "One Billion Act"

C'est le 30 septembre 2036 qu'ont été solennellement ratifiés le Free Information Act et le Private Data Act, les deux premiers documents législatifs appliqués à la totalité de l'Humanité.

3. Champ d'application du Private Data Act

Le texte définit les informations qui échappent au Free Information Act, et qui sont regroupées sous l'appellation "Données Privées".

En particulier, deux catégories d'informations sont considérées comme des Données Privées :

- les données personnelles privées (textes, images, videos, historique des interactions avec les serveurs publics ou privés, etc…)
- les données interpersonnelles privées (correspondances écrites, sonores, filmées, échanges dans le cadre d'un forum réputé privé, etc…). Ces dernières sont limitées à un cercle de 64 individus au maximum.

Les éléments de l'état-civil (Y compris bien sûr le Personal ID lui-même) ne font pas partie des Données Privées.

Une liste plus précise des données dites privées est fournie par l'article qui leur est consacré.

(Cf *fr/wikicycla.org/private_data*)

Afin de pouvoir trancher quant à la nature privée d'une information ou d'un ensemble d'informations, le législateur a prévu que son propriétaire présumé, s'il considère qu'elle lui appartient, et s'il veut éviter sa divulgation à des tiers sans son consentement, est tenu, sous couvert des moyens de cryptage et de sécurisation prévus par la loi, d'y adjoindre impérativement

- Son Personal ID (voir chapitre suivant)
- La mention "Private"

Dans le cas où les Données Privées émanent d'un tiers (comme par exemple un portrait holographique fait par un inconnu dans la rue), ce tiers est tenu par la loi de demander au sujet (la personne holographiée) si elle réclame le statut "privé " pour le cliché. Dans la négative l'image tombe sous le coup du Free Information Act. Dans l'affirmative l'image change de propriétaire par échange des Personal ID.

Dans la pratique cette procédure théorique et malcommode est remplacée par un procédé quasi-automatique (voir chapitre Gestion et Régulation/Identification).

Les données ainsi étiquetées ne pourront être copiées, transmises, divulguées, qu'avec le consentement de leur propriétaire. Dans le cas d'une information de type interpersonnelle privée, le consentement de tous les propriétaires est requis (par exemple expéditeur ET destinataire du courriel).

4. Le Personal ID

La nécessité de simplifier et de clarifier les nombreux procédés d'identification qui avaient cours avant la Guerre Globale (pièces d'identité, systèmes biométriques divers, puces sous-cutanées, etc...) a amené le législateur à envisager une identification unique, non ambiguë, commune à l'ensemble des Humains sans considération de nation.

La mise en place s'est faite progressivement dès 2034 par reconnaissance automatique au moyen des nouveaux modèles très performants d'identificateurs génétiques qui, par simple prélèvement d'ADN sur un cheveu, des squames de la peau, de la salive, etc... détermine rapidement une Signature Génétique Unique, associée à un Personal ID de 7 caractères alphanumériques (chiffres ou lettres majuscules en alphabet latin).

L'interdiction de la procréation gémellaire ou multiple prévue par le One Billion Act, s'est trouvée un moyen efficace de lever les éventuelles ambiguïtés de l'identification par la Signature Génétique Unique, qui aurait pu se trouver compliquée par la présence de jumeaux ou de triplets vrais (homozygotes).

(Cf *fr/wikicycla.org/one_billion_act*)

Pour l'identification des individus déjà nés au jour de la promulgation du One Billion Act, des informations complémentaires d'ordre épigénétiques, comme les empreintes digitales, palmaires ou, mieux encore, les empreintes rétiniennes ou celles des iris se sont avérées des techniques utiles.

Le Personal ID de 7 caractères alphanumériques, avec les 78 milliards de combinaisons possibles de ce code, permettent largement, tout en incluant un système de sécurisation (du type contrôle de parité), d'identifier n'importe lequel des individus de la planète.

Très rapidement, en l'espace de quelques années, l'habitude s'est installée de nommer une personne par son prénom, suivi de son Personal ID, et de n'utiliser le patronyme plus que dans des situations informelles. On parlera par exemple de Chloé Dupont en l'appelant Chloé/3U59HGF ou Chloé/3U59HGF[Infirmière], en précisant optionnellement sa profession.

5. Gestion et régulation
5.1.Identification

Dans la pratique courante, des outils se sont rapidement mis en place, qui dispensent le propriétaire d'une information de l'étiquetage "manuel" systématique de tout document ou fichier produit.

Lorsqu'il s'agit d'une information privée dont il est l'auteur (par exemple un texte qu'il rédige ou dicte) les appareils récents (cameras, dictaphones, traitements de texte, etc...) apposent automatiquement le Personal ID et la mention "Private" dans le fichier, sauf instruction explicite. Cette fonction est imposée depuis 2037 par le Universal Standard Committee, pour tous les appareils de ce type. Dès lors qu'un fichier n'est plus privé, il se voit attribué l'étiquette "Public" tout en conservant le Personal ID de son auteur, et devient accessible à tous en vertu du Free Information Act.

Lorsque l'information privée est produite par un tiers, ce dernier ne peut la rendre publique qu'après un examen automatique, avant toute divulgation, par le système de Private Data Scanning, qui vérifie que le contenu n'est pas privé. Selon le Bureau Central du Private Data Act, il faut moins de 27 secondes aux CyberCerveaux et aux Systèmes Experts pour reconnaître un visage, une voix, un texte qui pourrait rentrer dans la catégorie des information privées.

5.2.Rétroactivité

La question s'est posée immédiatement, dès avant la promulgation du décret d'application de la loi, de sa possible rétroactivité.

Le Conseil des Nations est rapidement arrivé à la conclusion que l'application rétroactive systématique de ces mesures révolutionnaires est impraticable.

Toutefois, il a été décidé que chaque citoyen de la planète était en droit de demander que le système de Private Data Scanning examine tous le documents personnels éventuellement en ligne et de demander éventuellement leurs effacement total ou partiel.

Par ailleurs, un "Droit à l'Oubli" a été défini, qui stipule que tout être humain peut exiger l'effacement de toutes les données le concernant, antérieures à son adoption d'un Personal ID.

6. Conséquences politiques et sociétales

Le Private Data Act a eu des conséquences immédiates. Son impact sur le comportement social a très vite été au-delà des prévisions. En particulier, le "marquage" des informations rendues publiques, au moyen du Personal ID de leur expéditeur ou leur créateur, a assaini les réseaux d'influence, en réduisant (sans pouvoir les faire disparaître complètement) l'action des rumeurs, des propagandes, des fausses informations, des calomnies, des discours ségrégationnistes de tous type.

Par ailleurs il est rapidement apparu que la meilleure délimitation entre le "Privé" et le "Public" a contribué à rendre possible, en marge du domaine ouvert, l'émergence de "groupes" ou de "tribus" copropriétaires de données privées, et partageant des goûts, des modes, des habitudes communs. Comme le nombre de copropriétaires d'une information privée est physiquement limité à 64, la taille des groupes humains reste de facto faible, et tout prosélytisme, endoctrinement, maillage est impossible, car toute information qui sortirait du groupe deviendrait publique et donc accessible à tous.

Les sociologues ont ainsi pu observer l'émergence d'un grand nombre de "petits clubs" et d'un redéploiement salutaire de la diversité culturelle, incluant la création de micro-cultures articulées autour d'une croyance, d'un concept philosophique, d'un hobby, d'une mode qui ne sont partagés que par un tout petit nombre d'individus.

Très rapidement aussi beaucoup de ces incubateurs de 64 individus au plus s'ouvrent en déclarant public un ensemble d'informations déjà fortement structuré, qui peuvent alors, au grand jour, ou disparaître ou faire école.

Ramoïdes

Mis à jour le 13/05/2051 par Reeves/POL25DF[astronome]

Les astéroïdes Ramoïdes

Depuis le début du siècle, les perfectionnements considérables des outils d'observation des corps célestes qui gravitent autour de notre Soleil ont permis de comprendre de mieux en mieux leurs propriétés, leurs mécanismes de formation, et d'entrevoir les ressources qu'ils pourraient représenter.

Les télescopes spatiaux, tant ceux en orbite autonome que ceux embarqués dans les stations orbitales (Lagrange 4 et 5, Kepler 1, 2 et 3, Galileo, etc...) et les stations d'observation implantées sur la Lune (Gutenberg, Fabry, etc...), Mars (Schiaparelli, Olympus) et Ganymède (Epigeus), permettent de détecter, de mesurer et de classifier un nombre rapidement croissant de planétoïdes, de comètes et d'astéroïdes.

La distinction entre planètes, comètes et astéroïdes s'est progressivement brouillée depuis la fin du XXème siècle avec la découverte de petites planètes extérieures très éloignées du Soleil, les plutoïdes (Makémaké, Eris, Ixion, etc...) et de corps intermédiaires entre les comètes et les astéroïdes (Astéroïdes "damocloïdes", comètes dégazées comme Adonis ou Hypnos...).

A partir de 2042 les astronomes ont identifié et confirmé une catégorie de grands corps rocheux ou métalliques traversant le système solaire sur des orbites ouvertes non périodiques (hyperboliques) pour repartir vers l'espace interstellaire, qu'ils ont appelé astéroïdes "ramoïdes".

Sommaire

1. Historique

Un nombre croissant de corps inclassifiables avait déjà été enregistré, lorsque le 18 février 2042 les scientifiques de l'observatoire Halbwachs de la base Schiaparelli sur Mars ont identifié un astéroïde gravitant sur une orbite rétrograde (tournant en sens inverse de celui de la Terre autour du Soleil) très inclinée, et manifestement non périodique : La vitesse du corps était beaucoup trop grande pour qu'il puisse rester captif du Soleil et tourner sur une orbite fermée. Le 15 novembre il coupa l'orbite de la Terre et les stations au sol purent déterminer ses dimensions, sa masse et sa composition.

Ce nouvel astéroïde, qui ne fera qu'une unique visite au centre du système solaire, est baptisé "Rama", en l'honneur d'Arthur C. Clarke qui a publié en 1975 le très célèbre "Rendezvous with Rama". Ce roman de science-fiction qui a marqué son époque décrit la découverte en 2130 d'un immense vaisseau extraterrestre traversant le système solaire sur une orbite semblable à celle du nouvel astéroïde.

On découvre que le nouvel astéroïde Rama mesure un peu plus de 80 km, et qu'il est probablement composé de métaux lourds, de Platine, d'Iridium et d'un cocktail de "Terres Rares" extrêmement précieuses, comme de l'Europium, du Lutécium, et de l'Ytterbium principalement, dont les prix ont vertigineusement grimpé la dernière décennie, du fait de l'épuisement des gisements terrestres.

Le projet de prélever des minerais sur l'astéroïde, déjà réalisé, avec un succès mitigé, dès 2026 sur des astéroïdes mineurs orbitant entre Mars et Jupiter, bien plus aisés à atteindre, s'avère irréalisable dans le cas de Rama : la vitesse du corps est bien trop importante et l'inclinaison de l'orbite est trop forte.

2. Intérêt économique

Les raisons du retentissement médiatique de la découverte de Rama dépassent de très loin les simples considérations scientifiques et académiques. La confirmation, par des observateurs indépendants relevant de puissances politiques antagonistes, des richesses potentielles considérables que recèle Rama en termes de minerais hautement stratégiques, a débloqué des financements de recherche votés par les gouvernements qui ambitionnent de pouvoir, dans l'avenir, mettre la main sur un astéroïde du même type.

En effet, depuis le début du siècle, le rôle crucial et croissant que seront amenés à jouer, dans les nouvelles technologies, les éléments chimiques que sont les Terres Rares a mené à des spéculations boursières et à une recherche effrénée de nouvelles sources d'approvisionnement. Les difficultés d'extraction, et la répartition très inégale des gisements sur le globe a fait des Terres Rares un enjeu stratégique majeur, dès avant la Guerre Globale. Après le conflit, lorsque la carte politique s'est redessinée en deux principaux blocs NATO et ASIA, le fait que les mines se situaient principalement sur le territoire d'ASIA a été le moteur des multiples tentatives de NATO de s'inféoder les non-alignés et UNAFRI.

(Cf : fr/wikicycla.org/guerre_globale)

La perspective de pouvoir s'affranchir des sources d'approvisionnement de son rival ASIA a suscité auprès des responsables de NATO un intérêt immense pour l'astéroïde Rama, et ses possibles semblables.

3. Autres découvertes

La découverte de Rama a ainsi déclenché une recherche ciblée de corps analogues, avec l'espoir d'en trouver un, même beaucoup plus petit, dont les caractéristiques orbitales permettront l'accostage par un vaisseau spatial et l'extraction des précieux minerais.

Il s'en suivit entre 2026 et 2057 (avec une interruption entre 2029 et 2033, due au grand conflit mondial et ses séquelles), la découverte de quatre autres corps "ramoïdes", nommés Krishna, Lakshmi, Ananta, et Vishnu, dont les noms ont été puisés dans le panthéon indien.

Les dimensions de ces nouveaux Ramoïdes se situent entre 3 et 15 km, et aucun d'entre eux ne parcourt une orbite suffisamment peu inclinée par rapport à celle des planètes pour qu'une visite soit envisageable.

Des études approfondies sur la composition confirmée ou supposée de ces corps, leur aspect et leurs paramètres orbitaux ont cependant pu préciser leur histoire et leur provenance.

4. Shiva

Le 15 mars 2057 les astronomes de l'observatoire Kepler en orbite géostationnaire autour de la Terre détectent un corps se déplaçant sur une trajectoire de faible inclinaison (5,4°) par rapport au plan de rotation de la Terre autour du Soleil, le plan de l'écliptique. Au cours des jours qui suivent ils précisent ses caractéristiques orbitales et confirment que l'astéroïde ou la comète qu'ils ont repéré, qui est encore au-delà de l'orbite de Jupiter, parcourt une orbite hyperbolique, non périodique, et qu'il passera suffisamment près de la Terre à l'été 2058 pour qu'il soit possible d'en faire une cartographie et une analyse précise.

Le nouveau corps se rapprochera du Soleil à grande vitesse, jusqu'à passer juste au-delà de l'orbite de Mars, puis s'en éloignera à nouveau pour disparaître à tout jamais.

L'excitation est à son comble lorsque fin février 2058, la communauté scientifique confirme que le nouveau corps, baptisé Shiva, est un Ramoïde de 20 km environ regorgeant de minerais précieux.

Personal ID étendu

Mis à jour le 07/09/2053 par Mylo/FPN60UJ[rédacteur]

Personal ID étendu

Le Personal ID a été instauré lors de la promulgation du Free Information Act et du Private Data Act, par le Conseil des Nations en septembre 2036, après la guerre planétaire du 30 mars 2029.
(Cf : *fr/wikicycla.org/free_information_act*)
(Cf : *fr/wikicycla.org/private_data_act*)
(Cf : *fr/wikicycla.org/guerre_globale*)

Il s'est généralisé très rapidement, et seules quelques populations très isolées, confinées dans les montagnes de Nouvelle-Guinée et ce qui reste des forêts d'Amazonie ont échappé quelques années encore à son application.

En 2051, toutefois, il ne subsistait plus, officiellement, de groupements humains qui ne soient pas répertoriés, individu par individu, dans la grande base de données de l'humanité.

S'il restait encore, dans des endroits reculés, des humains sans Personal ID, leur poids démographique ne pouvait être qu'infime, et ne risquait en aucune manière de mettre en péril le strict contrôle démographique qui maintient, depuis 2039, la population mondiale à moins d'un milliard d'habitants.

Toutefois, dès 2045, la prise en compte des Esprits et la multiplication des CyberCerveaux de plus en plus intelligents a posé, de manière aiguë, la question de l'extension du Private ID à des entités intelligentes non humaines.

Sommaire

1. Le Personal ID

Le Personal ID est une réponse à la nécessité pressante de simplifier et de clarifier les nombreux procédés d'identification qui avaient cours avant la Guerre Globale (pièces d'identité, systèmes biométriques divers, puces sous-cutanées, etc...). Le législateur a ainsi envisagé une identification unique, non ambiguë, commune à l'ensemble des Humains, sans considération de nation.

La mise en place s'est faite progressivement dès 2034 par reconnaissance automatique au moyen des nouveaux modèles très performants d'identificateurs génétiques qui, par simple prélèvement d'ADN sur un cheveu, des squames de la peau, de la salive, etc... détermine rapidement une Signature Génétique Unique, associée à un Personal ID de 7 caractères alphanumériques (chiffres ou lettres majuscules en alphabet latin).
L'interdiction de la procréation gémellaire ou multiple prévue par le One Billion Act, s'est avéré être un moyen efficace de lever les éventuelles ambiguïtés de l'identification par la Signature Génétique Unique, qui aurait pu se trouver compliquée par la présence de jumeaux ou de triplés vrais (homozygotes). Pour l'identification des individus déjà nés au jour de la promulgation du One Billion Act, des informations complémentaires d'ordre épigénétiques, comme les

empreintes digitales, palmaires ou, mieux encore, les empreintes rétiniennes ou celles des iris se sont avérées des techniques utiles.

Le Personal ID de 7 caractères alphanumériques, avec les 78 milliards de combinaisons possibles de ce code, permettent largement, tout en incluant un système de sécurisation (du type contrôle de parité), d'identifier n'importe lequel des individus de la planète.

Très rapidement, en l'espace de quelques années, l'habitude s'est installée de nommer une personne par son prénom, suivi de Personal ID, et de n'utiliser le patronyme plus que dans des situations informelles. On parlera par exemple de Chloé Dupont en l'appelant Chloé/3U59HGF ou Chloé/3U59HGF[Infirmière], en précisant optionnellement sa profession.

2. Identification des Esprits

Dès avant le retour sur Terre de la mission Erendiz le 16 mars 2044, le décryptage du code génétique des Esprits trouvé parmi les données fournies par l'astéroïde 2043KP33 a permis d'envisager leur reconstitution par génie génétique. L'utilisation de segments de chromosomes prélevés sur des reptiles primitifs et des procédés sophistiqués d'épissurage des brins d'ADN en utilisant des bactéries manipulées a rendu possible la création d'embryons d'Esprits et l'éclosion le 13 novembre 2044 de quatre oeufs. Il est très rapidement apparu que les organismes ainsi reconstitués étaient viables. Leur croissance très rapide et l'épanouissement précoce de leurs facultés cognitives ont amené les scientifiques d'abord, les politiques ensuite, à envisager leur prise en compte comme des êtres conscients et pensants au même titre que les humains.
La question de les répertorier et de leur affecter un Personal ID authentifié par leur empreinte génétique s'est imposée.

Le 14 décembre 2047, les 23 Esprits vivants se sont vus attribuer officiellement un Private ID.

3. Identification des CyberCerveaux

Dès 2042, les progrès fulgurants de l'informatique et de la cybernétique ont permis la création de CyberCerveaux dont le comportement et l'adaptation souple et flexible à leurs interlocuteurs humains pouvaient laisser penser qu'ils étaient dotés d'un psychisme évolué.

Les modèles les plus sophistiqués, équipés de circuits RSFQ à effet Josephson et même, pour les plus avancés, de processeurs biologiques, se sont vus attribuer des Personal IDs "factices" non-officiels empruntant des numéros d'identification encore non attribués. Des listes officieuses se sont mises à circuler, qui répertoriaient les CyberCerveaux "pseudo-conscients".

Parmi eux, on peut citer le très célèbre Dan/QR503AV[CyBrain], l'auxiliaire de l'équipage du vaisseau Erendiz qui a découvert en 2043 l'artefact créé par les Esprits.

Ce n'est qu'en 2047 que le Conseil des Nations a nommé une commission d'enquête pour préparer un texte officialisant l'identification des CyberCerveaux.

Le rapport, rendu début 2049, propose d'attribuer un Personal ID à toute intelligence artificielle qui passe le test normalisé Ramatajia-Coleyn avec une note supérieure ou égale à 17. Ce test prend en compte bien sûr les capacités déductives brutes de la machine, mais également des caractéristiques psychiques et caractérielles qui sont longtemps restées des spécificités humaines, comme l'imagination, l'aptitude au raisonnement inductif et à certaines formes d'intuition, l'humour, le recul critique, etc…

Lorsque le nombre de machines qui réussiront le test excèdera 500 000 unités, le niveau réclamé sera rehaussé, afin de ne pas dépasser ce quota. Les machines déclassées par le réajustement du niveau requis céderont alors leur Personal ID à d'autres machines.

Le 5 janvier 2050, à la date de mise place du dispositif, un Personal ID officiel a été attribué à 26 964 CyberCerveaux.

4. Identification des Homininés

Depuis le début du siècle, motivés par la très grande parenté génétique entre les humains, les chimpanzés et les bonobos, des scientifiques (Wildman *et al.*, 2003) ont proposé de les regrouper tous dans le genre Homo. Ainsi le chimpanzé, Pan Troglodytes, deviendrait Homo Troglodytes et le bonobo, Pan Paniscus, deviendrait quant à lui Homo Paniscus, aux côté d'Homo Sapiens. Ils sont regroupés, avec les hominidés fossiles, sous l'appellation "homininés".

Au-delà d'une simple modification de la terminologie, cette proposition signe un changement radical dans la vision que les humains peuvent avoir de leurs plus proches parents, qui dès lors se trouveraient, symboliquement, mais peut-être aussi légalement, acceptés comme des "personnes".

Au début des années 2030, après la Guerre Globale, les toutes dernières populations de chimpanzés et de bonobos étaient au bord de l'extinction, et les individus captifs dans les zoos et les laboratoires avaient été dévorés lors des famines qui ont tristement fait suite à la guerre.

Lorsque le monde s'est relevé, la prise de conscience de la perte imminente et irrémédiable de nos plus proches parents a enfin provoqué un mouvement de protection sans précédent.

En 2048 la population des chimpanzés, réduite à moins de 2335 individus, et celle des bonobos, à 717 individus ont été totalement protégées. Afin que la destruction d'un des leurs puisse juridiquement être assimilée au meurtre d'un être humain, le changement des noms latins des chimpanzés et des bonobos de Pan à Homo a été officiellement proposé, et ratifié par le Conseil des Nations.

Le 23 mars 2050, un Personal ID a été attribué aux 2506 chimpanzés et aux 853 bonobos vivants.

Colonisation de Jupiter

Mis à jour le 24/02/2054 par Ubert/3T856FH[astronome]

La colonisation de Jupiter

La reprise active de la conquête spatiale, en dormance depuis la fin du XXème siècle, s'est faite à partir de 2035 dans plusieurs directions privilégiées. Des bases habitées ont été installées sur la Lune et sur Mars dans le but d'y établir des observatoires et des laboratoires. Pour ce qui est de Mars, les possibilités de modification de la planète pour la rendre plus compatible avec une colonisation humaine massive ("terraforming") ont été remises au goût du jour, avec des résultats mitigés.

Des robots ont été dépêchés sur les deux autres planètes telluriques, Vénus et Mercure, beaucoup moins hospitalières, pour mener des investigations sur l'extraction de ressources minérales.

Enfin, trois des quatre grands satellites galiléens de Jupiter, que sont Europe, Ganymède et Callisto ont été identifiés comme des cibles de choix pour une éventuelle colonisation. En effet, la présence d'eau, de roches silicatées et de composés carbonés potentiellement propices à une vie organique ont retenu l'attention des experts terriens et ont motivé plusieurs expéditions habitées. Seule Io, le satellite galiléen le plus proche de la planète géante a été écarté : son intense volcanisme et sa géographie constamment fluctuante du fait des intenses effets de marée dus à Jupiter en rendent la colonisation hasardeuse.

Dans ce contexte favorable, plusieurs missions habitées se sont succédées, principalement vers Ganymède et Callisto.

Sommaire

1. Le contexte géostratégique

Au lendemain de la grande crise de civilisation qui a succédé à la Guerre Globale (Cf : *fr/wikicycla.org/guerre_globale*), le monde s'est trouvé divisé en deux blocs antagonistes, ASIA et NATO, et en quelques nations non alignées. Cette situation, similaire à celle de la Guerre Froide qu'à connu le monde après la seconde guerre mondiale de 1939, lorsque le bloc communiste s'opposait au bloc occidental, a exacerbé les rivalités technologiques.

La configuration politique actuelle, toutefois, et la dynamique qui en découle, diffèrent de la situation de la fin du XXème siècle principalement sous trois points :

- La Guerre Globale a montré l'inutilité de la menace militaire, qui était le principal levier de la Guerre Froide qui a succédé à la seconde guerre mondiale
- La totale transparence dans la circulation de l'information, confirmée par tous les protagonistes à travers le Free Information Act, a déplacé le terrain de la concurrence vers l'excellence technologique et industrielle et la mise en oeuvre rapide des innovations, plutôt que la manipulation et la rétention des informations cruciales
- La conscience maintenant pleine et universelle de la fragilité de la biosphère terrestre et de la limite des ressources, qui a mené

notamment à une limitation volontariste de la population mondiale est devenue le moteur de la recherche d'autres mondes à conquérir.

Dans ce contexte, la conquête spatiale, terrain emblématique de l'excellence technologique, est redevenue, après des décennies d'éclipse, l'enjeu majeur, le pari sur l'avenir des nations.

2. Les débuts de la conquête

C'est en 2037 que le bloc ASIA, après avoir dans les années précédentes envoyé des vaisseaux robotisés pilotés par des CyberCerveaux, a finalement effectué une mission habitée, dénommée Mokusei (Jupiter en japonais) à destination de Ganymède, suivie de trois autres les années suivantes.

NATO a plutôt jeté son dévolu sur Callisto, plus loin de Jupiter et en rotation plus lente autour de celui-ci, plus à l'abri des orages magnétiques qui perturbent périodiquement les équipements installés sur les satellites plus rapprochés. La première mission habitée, Thor (l'équivalent nordique de Jupiter), s'est posée près du cratère Njord, par 16° de latitude Nord et 132° de longitude Ouest, sur la face du satellite opposée à Jupiter.

3. La mise en place des stations permanentes

Dans les années 2040, des colonies durables ont été établies sur les trois satellites.

La surface d'Europe a été investie par toutes les puissances mondiales, séparément ou en coopération. (principalement UNAFRI et les non-alignés, mais aussi ASIA et NATO).

ASIA a envoyé quatre missions vers le troisième satellite galiléen Ganymède, et y a établi deux bases permanentes. L'une, équipée d'un grand radiotélescope et de deux télescopes optiques et infrarouge, a été installée près du cratère Epigeus, à 23° de latitude Nord et 180° de longitude Ouest, presque au milieu de la face de Ganymède opposée à Jupiter, là où les perturbations électromagnétiques dues à la planète géante sont les moins gênantes. La seconde, dédiée à l'étude de Jupiter, est installée à l'intérieur de Hershef, un cratère en coupelle de 120 km de diamètre, à 47° de latitude Nord et à 89° de longitude Est : La géante gazeuse est juste au-dessus l'horizon Ouest, mais le rebord du cratère la masque à la station habitée. Les équipements scientifiques d'observation sont eux disposés sur la crête Ouest du cratère et plus loin, sur les pentes, en vue de Jupiter, qui apparait immobile au ras de l'horizon.

Les dirigeants de NATO, conseillés par leurs experts humains et leurs CyberCerveaux, ont préféré pour des raisons tant scientifiques que politiques, entreprendre la colonisation de Callisto, le quatrième grand satellite de Jupiter. Après la première mission réussie, Thor, à destination du cratère Njord, ils ont envoyé en 2043 un second vaisseau spatial, destiné à acheminer une grande quantité de matériel et d'équipements pour consolider la base Njord et en faire une station scientifique durable, avec la possibilité à terme de devenir un centre de peuplement de Callisto.

Cette seconde mission cruciale, Erendiz (Jupiter dans la mythologie turque), n'est jamais arrivée jusqu'à Callisto. Elle a croisé sur sa route l'astéroïde artificiel 2043KP33 qui a mené à la découverte des Esprits. Son fret, abandonné sur une trajectoire balistique qui devait croiser le système de Jupiter, s'est perdu dans l'immensité après avoir été dévié par la monstrueuse attraction gravitationnelle de la planète géante.

La troisième mission, en 2045, baptisée Pirua (la divinité Jupiter pour les Incas), a permis, avec deux ans de retard, de construire au moyen des Cyberrobots une station d'étude et d'observation permanente. Les quatre pionniers de la mission Thor, qui avaient du se mettre en hibernation prolongée pour attendre la mission Pirua, ont à leur réveil, avec grand soulagement, vu leur équipe s'étendre à huit humains et trois CyberCerveaux.

Depuis, plusieurs autres missions (Pirua 2 et 3, Erendiz 2, Wotan, Brihaspati, et Zeus 1, 2 et 3 …) sur Europe, Ganymède et Callisto ont permis de mettre en place de nouvelles stations et d'assurer une occupation permanente de ces satellites.

4. Perspectives

A l'heure où nous rédigeons cet article (Février 2057) deux missions sont en route, l'une, Brihaspati 2, envoyée par ASIA à destination de Ganymède, l'autre, Tinia, dépêchée par NATO, vers la base Njord sur Callisto.

D'autres colons vont être envoyés dans les prochaines années, dans le but d'exploiter les ressources minérales des grands satellites, mais aussi de les étudier et de confirmer la présence, soupçonnée depuis la fin du siècle dernier, de formes primitives de vie dans les océans souterrains de Ganymède, et peut-être aussi de Callisto.

Seigneurs Reptiliens

Mis à jour le 19/05/2057 par Kopy/5FPT84J[Sociologue]

Le mythe des Seigneurs Reptiliens

La découverte en 2044 sur l'astéroïde 2043KP33 du génome d'une espèce intelligente disparue il y a 252 millions d'années a fait ressurgir l'ancien mythe de la suprématie sur notre monde d'êtres supérieurs reptiliens. Dès la recréation des Esprits par génie génétique, les tenants de la théorie du complot les ont suspectés de vouloir dominer l'humanité.

Sommaire

1. Le renouveau du mythe
2. Les racines du mythe
3. L'impact politique et social

1. Le renouveau du mythe

En mars 2044 la mission Erendiz découvre sur l'astéroïde 2043KP33 des fichiers décrivant le génome d'une espèce intelligente de parareptiles, les Esprits, éteints à la fin du Permien, il y a 252 millions d'années.

(Cf : *fr/wikicycla.org/2043KP33*)

(Cf : *fr/wikicycla.org/esprits*)

Dès les premiers projets de recréation des Esprits à partir de la description de leur génome, avant même que les premiers oeufs ne soient en incubation, un mouvement de refus a vu le jour à travers les réseaux sociaux.

Des voix se sont élevées pour mettre en garde l'humanité contre la résurrection d'un peuple supérieur d'êtres reptiliens appelés à conquérir ou reconquérir le monde.

Des gourous ont alors disséminé des prophéties décrivant des êtres au physique repoussant, dotés de pouvoir psychiques supérieurs, qui prendront le pouvoir et asserviront l'humanité.

Pour eux, recréer des Esprits était ouvrir la boîte de Pandore, et le projet devait être avorté au plus vite.

Les tenants de la théorie du complot ont été jusqu'à avancer que, depuis toujours, certains humains sont des êtres hybrides créés dans des temps anciens lorsque des maîtres reptiles étaient sur Terre. Ce sont eux, qui détiennent des positions de pouvoir, qui sont les commanditaires de la recréation des Esprits, les véritables maîtres reptiles du passé.

2. Les racines du mythe

Le mythe des maîtres reptiles, dominateurs, supérieurs, détenteurs de savoirs ésotériques, souvent malfaisants, prend ses racines dans les récits et les livres sacrés les plus anciens.

On en trouve les traces dans la Bible, sous la forme du serpent du Jardin d'Eden dans le Genèse ou le Nehushtan de Moïse, ainsi que dans de nombreuses mythologies :   L'Hydre de Lerne pour les anciens grecs, Les Anunnaki de Sumer, Quetzalcoatl au Mexique, Agathodémon dans l'Egypte ancienne, les dragons d'Extrême-Orient, Kalamainu'u, la déesse lézard à Hawaï, peut-être les Nommos des Dogons du Mali, ou encore les Nâga des Indouistes.

En Europe occidentale, les monstres reptiliens se déclinent, tout au long de l'histoire, en Tarasque, Cocatrix , Graoully ou autre Vouivre.

A la fin du siècle dernier, le mouvement New Age, qui a progressivement agglutiné des croyances de provenances diverses, s'est emparé du mythe des dieux-lézards ou dieux-serpents. Ceux-ci ont été, par de nombreux adeptes, assimilés à des représentants d'une race supérieure qui aurait colonisé la Terre dans des temps préhistoriques et dont les descendants seraient encore, sous une forme cachée, présents aujourd'hui. C'est la thèse du "néo-évhémérisme".

La culture populaire a très abondamment illustré et relayé l'image des reptiles intelligents, maléfiques ou bienveillants: dans la littérature fantastique, H.P. Lovecraft, Edgar Rice Burroughs, Anne Robillard et d'autres les ont mis en scène. On les retrouve dans les séries télévisées et le cinéma, avec les Cardassiens de Star Trek, Conan le Barbare, les Zorgons du film américain Zathura, etc… ainsi que dans de nombreux jeux video.

Au début du XXIème siècle, avec la profusion de videos disponibles sur le réseau planétaire Internet, qui préfigurait déjà le grand réseau GlobalNet actuel, les partisans de la théorie du complot se sont mis à traquer les "reptiloïdes" sur les images alors en ligne.

Les grandes imperfections du codage video de l'époque leur ont permis de "découvrir" des personnages publics dont les yeux, lors d'un mouvement latéral du regard, si l'on en extrait une image unique, prennent l'apparence fugitive de deux fentes verticales. Il n'en fallu pas moins pour que des vedettes ou des personnalités politiques comme la reine Elisabeth d'Angleterre, les présidents américains de l'époque Georges W. Bush et Barack Obama, la chancelière allemande Angela Merkel, la chanteuse Madonna et bien d'autres soient ainsi soupçonnées d'être des reptiles camouflés en humains. La rumeur a été si insistante qu'en février 2014, le premier ministre néo-zélandais John Key a dû déclarer publiquement devant les cameras qu'il n'est pas un reptile extraterrestre.

Le grand conflit généralisé de la Guerre Globale a cependant mis fin à cette psychose, et ce n'est qu'à la découverte des Esprits que les rumeurs ont repris.
(Cf : *fr/wikicycla.org/guerre_globale*)

3. L'impact politique et social

Après la première phase de recréation des Esprits à partir de leur génome, et tant que leur développement ne leur permettait pas encore d'intervenir, de proposer des analyses, de faire des projections et d'émettre des avis, seuls quelques adeptes du paranormal se sont préoccupés de rapprocher les nouveaux venus de l'imagerie populaire, et des personnages mythiques.
Mais en 2052, Tyu/DFG125T[Esprit], le premier Esprit femelle recréé, a brillamment démontré la célèbre conjecture de Goldbach, une des plus célèbres énigmes mathématiques, énoncée en 1742, et que des générations d'experts ont tenté en vain de résoudre.
L'annonce de cette percée majeure en mathématiques, qui a fait l'effet d'un électrochoc sur la communauté scientifique, a été renforcée une semaine plus tard lorsque les meilleurs CyberCerveaux de la planète, associés en réseau, ont confirmé que le raisonnement proposé par Tyu était valide.
Dans les mois qui ont suivi de nombreux autres résultats ont été obtenus par des Esprits, ainsi que des percées majeures dans le domaine de la physique fondamentale, la cosmologie, et les algorithmes appliqués à l'intelligence artificielle.
En quelques années, la toute petite communauté des parareptiles recréés s'est impliquée dans les affaires humaines, non seulement dans les sciences, mais également dans le domaine de la philosophie et de la métaphysique.

Concomitamment, un mouvement de rejet, de la part d'une fraction très minoritaire mais très virulente de la population, a vu le jour, orchestré par les tenants de la théorie du complot, qui voient les Esprits comme la réincarnation des Dieux Reptiles des anciennes mythologies.

Peu à peu quelques-uns des Esprits, avec l'encouragement de politiques qui voient en eux des alliés efficaces, se sont impliqués dans la conduite du monde et se sont mis à peser sur des décisions stratégiques globales.

La montée d'une peur irrationnelle, entretenue et exacerbée par les discours enflammés puis haineux de gourous, a créé alors un climat délétère et a insécurisé les Esprits.

Ceux-ci ont alors décidé de limiter leur nombre à 64 individus seulement, afin de pouvoir, sous couvert du Private Data Act, constituer une communauté d'échange de données privées interpersonnelles. Ce choix les autorise à garder confidentielles, sans risque de devoir jamais les rendre publiques, des informations, souvent complexes, incompréhensibles pour la majorité des humains, et qui pourraient être mal interprétées à leur insu.

(Cf : *fr/wikicycla.org/private_data_act*)

Cette mesure de protection, qui n'est pas passée inaperçue, et s'est avérée indispensable, a cependant encore renforcé les suspicions de leurs détracteurs.

La découverte de l'astéroïde Shiva, et les prises de position des Esprits au Conseil des Nations, démontrent leur volonté de s'impliquer dans des projets qui leur permettraient de davantage s'isoler des humains, et de délimiter leur champ d'action.

Les tenants de la théorie des maîtres reptiles, qui voient dans ces actions un moyen de se soustraire à l'influence des Esprits sur la planète Terre, prétendent y trouver également une confirmation de leur thèses.

Economie globale

Mis à jour le 13/07/2057 par Monet/3T856FH[economiste]

L'économie au niveau global

L'économie, en ce milieu du XXIème siècle, ne peut plus être morcelée en zones microéconomiques différenciées et partiellement interdépendantes.

Au cours du siècle, la remise en question qu'a provoquée la Guerre Globale a mis fin à la marchandisation de l'information, qu'interdisait désormais de facto le Free Information Act.

La transparence quasi-totale des échanges, qui a considérablement réduit le risque de spéculations toxiques, ainsi qu'une meilleure compréhension des mécanismes complexes en jeu réduit fortement, à défaut de l'avoir totalement supprimé, le risque de crises économiques et monétaires majeures.

Une monnaie unique a été désormais acceptée par tous les intervenants, au niveau global du Système Solaire, et son contrôle est partagé par tous les participants.

Sommaire

1. Le contexte historique

Le phénomène de globalisation de l'économie, que l'on a appelé "mondialisation" jusqu'au conflit planétaire de la Guerre Globale, s'est étendu par la suite à l'ensemble des installations humaines disséminées dans le Système Solaire.
(Cf : *fr/wikicycla.org/guerre_globale*)
La situation n'était pas sans similitude avec celle de l'Europe et de ses colonies jusqu'au XXème siècle, quand des nations économiquement concurrentes sur le sol européen (l'Espagne, le Portugal, puis ensuite l'Angleterre, la France, les Pays-bas...) exportaient leurs concurrences dans leurs colonies outre-mer, où elles puisaient des matières premières, et qui étendaient leurs zones d'influence.

Aujourd'hui les grands blocs en concurrence, ASIA, NATO, UNAFRI et, dans une moindre mesure, certains des non-alignés, qui ont, indépendamment les uns des autres, visité d'autres planètes et satellites (la Lune, Mars, certains astéroïdes, les satellites de Jupiter), ont tous entrepris des missions d'exploration d'abord, de colonisation ensuite, dans le but d'élargir leur espace vital, d'installer des communautés, et d'exploiter des richesses minérales.

Comme dans le cas de la colonisation de larges espaces en Asie, en Amérique, en Afrique par les européens, il n'était pas envisagé initialement que les colons pourraient un jour prétendre à leur indépendance.

La comparaison s'arrête là, car dans le cas de l'exploration spatiale et de l'installation de bases loin de la Terre, les nouveaux territoires n'ont pas été volés à de premiers occupants, mais trouvés vierges et inhospitaliers.

Par ailleurs, les richesses trouvées sur place n'ont été, dans un premier temps, ni suffisamment abondantes ni suffisamment précieuses pour être en mesure de mettre en péril l'équilibre économique global. Tout au plus permettaient-elles de facilité le processus de conquête, en évitant aux colons d'avoir à transporter depuis la Terre tous les matériaux dont avaient besoin les bases distantes.

2. Le risque spéculatif

L'économie globale a subitement été confrontée à un stress important lors de la découverte de l'astéroïde Shiva, et de ses énormes richesses en métaux précieux et en Terres Rares.

Les puissants mécanismes mis en place dès après la Guerre Globale pour prévenir tout risque de déséquilibre, devraient en principe permettre d'éviter qu'une vague de spéculations n'enflamme les marchés et ne provoque un crash boursier global. Mais les experts les plus pessimistes s'interrogent toutefois sur la possibilité d'une perturbation majeure qui pourrait modifier le délicat équilibre économique entre ASIA et NATO.

Dès le début du siècle, des économistes ont interrogé les méthodes prédictives simplistes, basées sur des modèles multifactoriels linéaires, qui avaient traditionnellement cours auprès des organismes financiers, des banques et des spéculateurs. Elle permettaient des opérations en grande partie automatiques d'achats en de vente d'actions et d'obligations. Leurs imperfections rendaient l'ensemble du système hautement vulnérable à des flambées spéculatives et des effets de dominos pouvant mener à des crash boursiers.
Quelques précurseurs, comme l'épistémologue Nassim Nicholas Taleb (Le Cygne Noir, 2007), ont dénoncé le caractère non-linéaire, fractal, et éminemment chaotique des processus boursiers et des phénomènes monétaires en général, et souligné les difficultés de prédiction à un horizon lointain.
Depuis, les outils ont été grandement affinés, et les limites des prédictions, en termes probabilistes, ont été évaluées.

Par ailleurs, la levée totale de tout secret, notamment industriel ou bancaire, qu'impose le Free Information Act, a permis une considérable amélioration de la vitesse de réaction des marchés en cas d'instabilité, réduisant ainsi fortement le risque de crash.

Une des conséquences de la globalisation, de la facilité de transmission et de la transparence des informations, a été la réduction du nombre de places financières.

A l'heure où nous écrivons il ne subsiste sur la Terre plus que la bourse de Hong Kong (ASIA) et celle de New York (NATO), qui n'ont persisté jusqu'à ce jour que pour des raisons historiques.

L'essentiel des transactions s'effectue aujourd'hui à la bourse de Tranquility, dans la zone extra-territoriale de la Lune.

Une autre conséquence de la globalisation a très vite été la levée de toutes les taxations douanières et la libre circulation des marchandises.

Cette dernière a été concomitante à l'adoption, après de longs débats, d'une monnaie unique qui simplifie les échanges et supprime un des leviers de la spéculation.

Malgré toutes ces mesures destinées à réguler et stabiliser l'économie mondiale, la perspective du déversement sur le marché de quantités considérables de métaux précieux issues de Shiva a été perçue comme une menace. Les historiens ont rappelé la situation très instable de l'économie européenne, lorsque les espagnols et les portugais ont injecté sur le marché, dès le XVIème siècle, des quantités énormes d'or et d'argent rapportées des mines d'Amérique Centrale et du Pérou, qui ont provoqué des crises monétaires majeures.

3. La monnaie

Après de nombreuses négociations au niveau mondial, auxquelles ont activement participé la Banque Solaire, le Fond Monétaire Interplanétaire, et bien sûr le Conseil des Nations, une nouvelle monnaie a été adoptée par l'ensemble de la communauté internationale.

Elle a été officiellement mise en circulation le 1er janvier 2050 à 00:00 UTC, date à laquelle elle a définitivement et totalement remplacé toutes les monnaies préexistantes. Le taux de change par rapport à ces dernières, à la date du basculement, a été fixé comme le taux instantané déterminé de manière synchrone par tous les CyberCerveaux financiers interconnectés. Des mécanismes ont du être mis en place pour éviter toutes les spéculations de dernière heure, ou, plus exactement, de dernière seconde.

L'abandon, depuis des décennies, de toute monnaie non électronique, billets de banque, chèques, etc… a grandement facilité l'opération.

Il a fallu plusieurs mois pour tomber d'accord sur le nom de la nouvelle monnaie.

Le choix c'est finalement porté sur le "Sol", en référence au Système Solaire.

Les représentants de NATO a alors proposé que le symbole de la nouvelle unité de mesure monétaire soit le "S" barré, $. Les médias s'en sont immédiatement amusés, et les experts d'ASIA et d'UNAFRI s'y sont évidemment opposés, faisant remarquer avec dérision que ce signe ressemblait bien trop à celui du bientôt défunt Dollar.

Le choix s'est alors porté sur le symbole astrologique du Soleil, le cercle pointé, barré comme l'ont été les symboles de plusieurs des devises qu'il remplace : la Livre £, le Yen ¥, l'Euro € ou encore le Dollar $.

Le symbole du Sol est ainsi devenu :

Ce livre a été imprimé par BoD-Books on Demand, Norderstedt, Allemagne

Dépôt légal : juin 2018